あの日、妻が旅立ちました

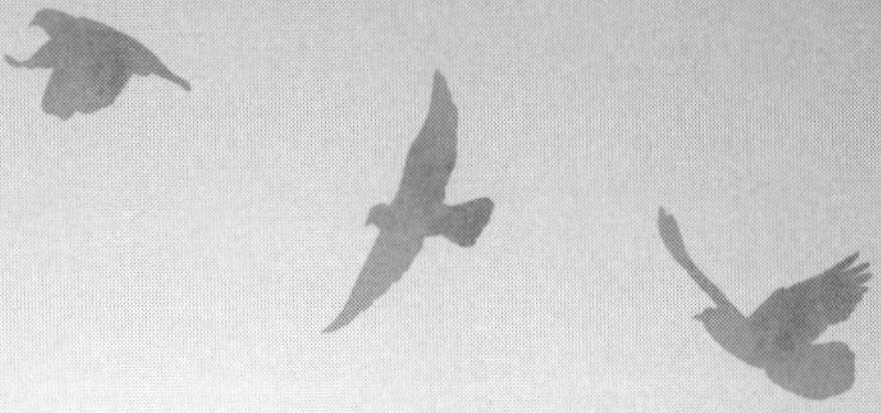

おひとりさま、天国へラブレターを贈る

原田敏明
ピー・エス・シー株式会社代表取締役

合同フォレスト

まえがき

僕は37歳で妻と結婚し、35年間連れ添いました。

過去形で書いたのは、妻は２０２１年1月1日にスキルス胃がんで亡くなったからです。63歳でした。

スキルス胃がんは、胃の粘膜にがん細胞が広がり体中に転移する病気です。ほかのがんと違い、わかった瞬間ステージ４からスタートするのです。

ステージ４の場合、５年間の生存率はたったの４パーセント。その数字は、僕たち夫婦にとても重たくつらい現実を突きつけました。

がんとわかってから、いろいろと治療法を探しました。

治療法を求めてさまざまな病院をたずねましたが、よい結果は聞けず、入院してからたった4カ月でこの世を去ったのです。

当時、僕も高齢で、日本はコロナ禍の真最中だったのですが、病院側が事情を汲み、面会だけはできるようになりました。ただ、あまり頻繁に面会に出かけていっても病院側がいい顔をしないと思い、僕と妻はLINEで今日1日のできごとを報告し合うようになりました。

しかし、入院中の妻は、ただ病室のベッドに横たわり天井を見ているだけなので、話題も尽きたのでしょう。

ある日突然、「あなたのいいところリスト」という長いLINEが送られてきたのです。

ほかの人が聞いたら大したことではない内容かもしれません。あなたは正直、あなたは明るい、あなたは両親にやさしい……。

そんなたわいのないことが100個連ねてありました。その中にはもちろん、2人にしかわからないこともありました。

僕はそれを読んで、自分も妻のいいところを100個書こうと、おぼつかない手でLINEの文字を入力していったのです。

ところが僕は、妻のいいところを50個しか書けませんでした。

「妻は100個書けたのに、僕は考えて考えてたった50個しか書けなかった」

そのことが妻亡き後も心残りになりました。

この本は、そのとき伝えようと思っても伝えられなかったこと、感謝やお詫び、生きることや死について、ことばを紡いだ僕なりのラブレターなのです。

日本人の夫婦は、平均では夫が妻より5歳年上で、そして妻より12年早く亡くなります。

しかし、逆に僕のように妻が先に旅立つ人もいると思います。

そして、伴侶を失ったことにより、夫が早死にするというデータもあります。

この本は、そんな妻に先立たれた方に対する応援歌にもなると思います。亡き妻への贈ることばが、皆さんの生きる力になれば幸いです。

原田 敏明

目次

あの日、妻が旅立ちました

おひとりさま、天国へラブレターを贈る

君にひとめ惚れ

前略　小夜子さま
天国では元気にしていますか。
あなたとの長くて短い時間を、初めてきちんと書こうと思いました。
出会ったのは、モノクロの写真でした。僕は、そのとき36歳で両親や
周りの人からも「早く結婚しろ」と急かされていました。

そこで僕は、当時珍しかった結婚コンピュータマッチングサービスを利用することにしたのです。自分の身長や体重など個人データを登録し、好みの女性のタイプをいろいろと書き込みました。

最後に「やさしい人」と書いたこと、覚えています。そしてコンピュータがはじき出した5枚の写真。その中に1枚だけモノクロの写真があったのです。

それが、あなたでした。

僕は一瞬で恋に落ちてしまいました。髪型や顔の輪郭、目元口元がとても好みだったからです。

いいえ、正直なことを言えば、あなたの姿そのものに恋をしてしまったのです。

僕はこれまでひとめ惚れなんてない、そう信じていました。一瞬で女性を好きになってしまうなんて、自分の人生に起こりえないと思っていたからです。

あなたから、僕の第一印象を聞けなかったことが今とても心残りです。僕の写真を見て、最初にどう思いましたか？　僕がいつか、あなたに会いにいったときにぜひ教えてください。

僕を選んでくれて、本当にありがとう。

初めての食事、何を食べたか覚えてない

結婚コンピュータマッチングサービスでの出会いをきっかけに、僕たちは付き合うことになりました。初めて会って食事をしたときのこと、

今でもあのときの気持ちを思い出します。

僕の仕事帰りに合わせて、銀座のレストランで待ち合わせをしましたね。写真でしか見たことがなかったあなたが目の前に現れたとき、あなたはにこっと笑顔を向けてくれたのに、僕は照れくさくて真正面からあなたを見られなかったように記憶しています。

何人かお付き合いしたことはあったけど、あなたはそれまでの女性とは違っていました。一緒にいて楽しい。いつまでもおしゃべりすることができる。食事の好みが合う……。こんな感覚は初めてでした。だからなのかな。初めて食事をした日も、楽しくて帰る時間が遅くなってしまったのを覚えています。

こんなこと言うとあなたに怒られてしまうかもしれないけれど、僕は何を食べたかまったく覚えていません。ただ、わかったことはあなたが家族思いでしっかり者だということ。そしてお酒が大好きで、気持ちよさそうにビールを飲むこと。なにより、笑顔がとびきり素敵だったこと。

僕にはそれだけで十分でした。

母親の一言「やめたほうがいい」

知り合って3回目のデートのとき、一緒にビールを飲みながらあなたはこう言いました。

「今度、お母さんに会ってくれる?」

僕はあのとき、すごく嬉しかったのを覚えています。

小夜子が「親に会わせたい」と思ってくれたってことが、とっても。

新宿のレストランを予約しました。仕事が終わると、急いでそのレストランにかけつけました。中に入ると、僕を見つけたあなたが笑顔で手を振ってくれました。

その隣には、なんだか怖いものでも見るようなお義母さんの姿。

僕はひとつ深呼吸して、「こんばんは」と挨拶しました。

3人でグラスを合わせて乾杯。あのとき、あなたがたくさんしゃべってくれてありがたかったことを覚えています。僕とお母さんはうん、うんとうなずくばかり。僕の方ときたらろくに話を切り出せませんでした。

「親に会っても別に緊張しないだろうな」と思っていたけれど、実は少し緊張していたみたいです。

だけどお酒が進むにつれ、僕の仕事のこと、生まれ育ちのこと、いろいろ話す中でお義母さんも僕の話を熱心に聞いてくれました。

「きっとお義母さんにいい印象を持ってもらえたはず」そう思っていたんです。だから、その次の日の夜、あなたからの電話には驚きました。

「うちのお母さんがね、敏明さんはやめたほうがいい、って言っているの……」

小夜子のお父さんは大工の棟梁で職人気質の人。

そんな人をずっと見ていたから、お義母さんは僕が頼りないと思ったのか？　エンジニアという仕事を理解してもらえなかったのか？

電話口で、つい黙ってしまった僕に、あなたは「敏明さん、でもね、大丈夫よ」と言ってくれました。

うん、そうだね。僕たちは何があっても大丈夫だよね。口には出さなかったけれど、その気持ちはきっとあなたに届いていたと思います。

昔のお見合いは3高が9割

昭和という時代、お見合いで女性が男性に求める条件は「3高（高学歴・高身長・高収入）」でした。だけど、僕はとても「3高」と呼べる人間ではありませんでした。

唯一当てはまるのは、高収入の部分。

僕はサラリーマン時代からとにかく仕事が好きで、がむしゃらに仕事をしていました。

新製品の企画・設計から、システム開発やコンサルティングまで本当に幅広く仕事をしていました。結婚の前年となる1986年に会社を設立した後も、仕事は順調でおそらく当時、年収は1000万円くらいあったと思います。がむしゃらに仕事をして、休みはあまり取れない。まさに「モーレツ」に働いていた、あの頃。

3高ではなかったけれど、あなたはそんなことを気にする風でもなくそばにいてくれました。

忙しい合間を縫ってよくデートをしましたね。行きつけは会社の近くにあった新宿の居酒屋。

あなたは美味しいものを食べるのが大好きで、僕は美味しそうに料理を食べるあなたの顔を見るのが大好きでした。

ケータイもスマホもない頃だったから、待ち合わせはもっぱら会社の事務所。休日はよく動物園にも出かけました。あなたが僕をあちこちに連れ出してくれたから、僕はその分集中して仕事に打ち込めたのかもしれません。

もし、聞ける機会がきたら、どんな条件で僕を選んだのか聞いてみたい気もします。

忘れられない、新宿プロポーズ

結婚コンピュータマッチングサービスに登録してあなたと出会ったのですから、僕は当然「結婚」の二文字を意識していました。

「そろそろプロポーズをしよう」そう思っていたものの、どんなふうに切り出そうか思いあぐねていました。その間もあなたとのデートは続き、いつもあっという間に時間が過ぎていきました。

あなたと過ごす時間はあっという間で、もっと一緒にいたい。別々の家に帰るのではなく、一緒の家で暮らしたい。

そんな自分の思いを気取らずに、伝えようと思いました。

覚えていますか？

いつもと同じように仕事帰りに待ち合わせをしてお店に入り、いつも通りにビールを2つ頼んだよね。違っていたのは、僕が今日、プロポーズしようと思っていたことだけ。

僕と同じようなサラリーマンたちであふれた喧噪の中で、僕は「結婚しよう」と伝えました。

あなたは少し驚いたような顔をしながらも、嬉しそうに「いいよ」とその場ですぐに答えてくれました。

あたりはうるさいのに、「いいよ」の声だけがはっきりと聞こえました。その後のことはよく覚えていません(笑)。嬉しくて、嬉しくて、さらにビールをあおり、あなたに少したしなめられた気もします。

そこから結婚式の日取りを決め、式に向かっての準備をしましたね。花嫁姿の写真を今、たまに見るときがあります。あのときの幸せな光景が目に浮かびます。

花嫁姿の小夜子

何もないけど何でもあるカウアイ島

新婚旅行はハワイへ行きましたね。新婚旅行といえばオアフ島！　ではなく、僕たちはカウアイ島を選びました。

「オアフ島は何回も行ったことがあるから」というあなた。思えば、いつも旅行先のチョイスからスケジュールまでつくってくれましたね。

僕は言われたとおり、旅行がある日は仕事を休み、手配は全部丸投げ。ずいぶん楽をさせてもらったように思います。

訪れたカウアイ島は、オアフ島と違って日本語が一切通じず、あなたにほとんどコミュニケーションをとってもらいました。しっかり者の一

僕たちの定番になったハワイのカクテル「チチ」

面を知れて、僕は「なんて頼りがいがあるんだろう」なんて思ったものです。

大自然に囲まれた緑豊かなカウアイ島。

フルーツのみずみずしさにびっくりしたこと。

チチというココナッツミルクが入ったカクテルがあまりに美味しくておかわりしたこと。

レストランにいた歌い手さんに、エルヴィス・プレスリーの名曲『ブルー・ハワイ』をリクエストして2人でうっとりしながら聴いたこと。

チップをあげようとしたのに、2人ともお財布を忘れてしまっていて、宿泊先にわざわざ取りに行ってチップをあげたことがありましたね。

楽しい5日間の中、ハプニングもありました。当時フイルムカメラを使って写真を撮っていたのに、僕としたことがフイルムを感光させてしまって1枚も写真が残りませんでした。

「せっかくの新婚旅行だったのに……」と落ち込む僕にあなたは「気に

しない気にしない。また旅行に行けばいいじゃない。楽しかったよね」とあっけらかんと言ってくれました。

その明るさに僕は、結婚当時から救われていたんですね。

新婚旅行でキレた花嫁

新婚旅行で、僕たちはよく食べよく飲み、よく話をして充実した時間を過ごしましたね。僕たちは現地の人たちが食べる物にも興味があって「これは美味しい」「これは1回食べれば十分だね」なんて言い合ったものです。

新婚旅行は楽しい思い出しかありませんが、唯一あなたが怒ったことがありました。

たしか買い物か何かに出ようとして、店に向かって歩いていくと「そっちじゃないわよ、もう。何で間違えるの！」とあなたは少しイライラしていました。


小夜子にとっては、もう何回も訪れているハワイ。隅から隅まで知っていて、ましてや大通りを間違えるなんて……！　と思ったのでしょう。だけど、僕はハワイを訪れるのは初めて。大目に見てくれよと思いつつ、僕は「ゴメンゴメン。間違えたよ」とあなたの後をついていったのを覚えています。

怒ったそのあとは何事もなかったかのように笑顔を見せてくれたので、心の中でホッとしていました。

思えば、僕はあなたに怒るということはほとんどなく、逆によく怒られていたような気がします（笑）。だけどいつも、その場で仲直りしていました。

もしかしたらあなたは、言いたいことの半分くらいしか言えなかったかもしれません。僕がそっちに行ったとき、愚痴の続きを聞いてみたいと思っています。

新婚旅行で贈ったシャネルのバッグ

あなたがいなくなってから、遺品には手をつけられなかったけれど、唯一手に取って眺めたものがあります。それは、新婚旅行で贈ったシャネルの黒いハンドバッグ。

オアフ島にあるハワイ最大のショッピングセンター「アラモアナ」に

立ち寄ったときのことでした。あなたはいろいろなブランドのお店を巡って、シャネルの前で足を止めて、黒いハンドバッグを熱心に見ていましたね。

熱心に見つめているからつい、「買ったらいいじゃない」と声をかけたものの「ううん、いいの」と言って、その場を離れたよね。せっかくの新婚旅行、なにか記念になるものを贈りたいな……と僕は考えていて、その後もあれこれ見て回ったけど、ピンとくるものはなく、そのままバスでホテルに帰ってきてしまいました。

ホテルに帰ってきたけれど、やっぱりシャネルのバッグのことが気になっていたのでしょう。でも、「欲しい」とは一言も言いませんでしたね。もしかしたら、「新婚早々そんな高いものを買ってなんて言えない」と思っていたのかな。

僕は「もう1回、ショッピングセンターに行ってみようよ」といって、あなたを連れ出しました。

実を言うと、僕のほうがバッグをあなたにプレゼントしたくなっていたのです。

旅行や会食など、よそゆきのときに出してきて、いつも大事に使ってくれたよね。

シャネルのお店でバッグを買って手にしたときの、華やかな笑顔が思い出されるようで、僕は今でも時々シャネルのバッグを眺めています。

記念日ごとに贈ったメッセージカード

僕たち夫婦には、1年間のうち、大事にしていた3つのイベントがありました。

　誕生日、クリスマス、そして結婚記念日です。

　結婚記念日には毎年、プレゼントと一緒にメッセージカードを贈ったものです。メッセージカードと言っても、大したものではありません。

　書くのはいつも同じ「ありがとう」のことば。気の利いたことひとつ書けませんでした。だけど、僕はあなたが旅立つ前まで1回もメッセージカードを欠かしたことはありませんでした。

　今となっては、毎年メッセージカードを贈っていてよかったと思います。最後に「ありがとう」と言うだけではとても足りなかったから。

『マディソン郡の橋』をプレゼント

あれは今から約30年前の10月10日。結婚記念日のとき。

毎年毎年プレゼントをしていたけれど、結婚7年目の記念日に何をプレゼントしようか悩んでいました。

アクセサリーもバッグも、洋服もひと通りプレゼントしてしまった。欲しがっているものもないし……。だけど、僕はあなたの喜ぶ顔が見たくて。

通勤途中で、いろいろなお店に立ち寄ってはみたものの、ピンとこない。今年は花をプレゼントしようかな、と思っていたところたまたま目にしたのが、当時ベストセラーになっていた本『マディソン郡の橋』でした。

ある女性と男性が不倫の恋に落ちる話は、当時映画化もされ大変ヒットしたことを覚えています。

ただ、その本をあまり気に入っている様子ではなかったよね。海外の小説が気に入らなかったのか、それとも話自体が気に入らなかったのか……。

それから本を贈ることはなくなってしまいましたが、なんだか僕はとても印象に残っているのです。

ズルい！ OKパー

僕たち夫婦はいろいろな趣味があったけれど、その中でゴルフによく出かけました。覚えていますか？　新婚旅行のときにもゴルフをしたことを。

あのとき、僕はゴルフクラブを忘れてきてしまって、あなたに怒られてしまいましたね。

だけど、ハワイの風を感じながら、一緒にまわったラウンド。とても気持ちよかったです。

僕はサラリーマン時代からゴルフをしていたし、あなたは友人がゴルフバッグをつくる会社にいたことがきっかけで、ゴルフ好きになりました。


ときには友人と、もちろん2人でもよくコースをまわりました。

ゴールデンウィークなのに雪が降った軽井沢のゴルフ場にも出かけましたね。雪の中かじかみながらスイングして、全然見当はずれのところに行ってしまったこと。あの寒い日、「寒いからもう今日はやめたい……」と思っていたのに、あなたがあんまり楽しそうに笑うものだから、僕も次第に楽しくなってきたことを覚えています。

夫婦でオリジナルルールをつくって、「練習もＯＫ、やり直しもＯＫ！」なんてツーサム（２人でコースをまわること）のときはとくに盛り上がりましたね。

また、あまりにマイペースでプレイするものだから、後続グループが迫ってきて、グリーンに乗って１回パターを打てば大体は「ＯＫ！　ナイスパー！」なんてことも。

僕は、あのときの楽しさが忘れられず、今でもゴルフクラブを握る気になれません。

小夜子、そっちではどう？　大好きなゴルフ、楽しんでいるといいな。

「小夜子を不幸にしたら殺すぞ」

あれはたしか、小夜子の両親が隣の敷地に3階建ての鉄骨住宅を新築し、親戚を家に招待したときのことだったと思います。

あなたは朝からお客さんを迎える準備に追われ、動き回っていました。家族や友人と一緒にワイワイ過ごすことが好きだったよね。「楽しんで帰ってもらいたい」と帰るときのお土産のことまで気にしていました。

続々と親戚の人たちが集まり、宴会ムードに。僕も小夜子も楽しく飲んで、みんなとのひとときを過ごしました。

お酒の酔いがいい感じにまわり、二次会で饒舌になってきたころだったでしょうか。僕は不意に小夜子のおじさんから、「小夜子を不幸にしたら殺すぞ」とそっと耳元でささやかれたのを覚えています。

ちょっとびっくりしてそのおじさんの顔をまじまじと見ると、その目は真剣そのもの。

「これは冗談ではなく、本気で言っているんだな」と感じた僕は、「はい、幸せにします」と答えました。

おじさんからそう言われたとき、結婚からもう5年目が過ぎていましたが、僕はハッと気づいたのです。

いつまでもあなたは、両親・おじさん・おばさんにとって「可愛い小夜子ちゃん」だってこと。いつもあなたの幸せを願っているのだ、ということ。

あのとき、改めて僕は「小夜子を絶対に幸せにするぞ」という覚悟が決まったのです。

結婚前日、仕事のし過ぎで肩が上がらない

僕は結婚が決まってから、ますます仕事に精を出すようになりました。「小夜子と結婚する」ということがおそらく、僕にエネルギーを与えてくれていたのでしょう。

その忙しさは、結婚間近になるまで続きました。毎日忙しくしている僕に「忙しそうだけど、大丈夫？」と気遣ってくれましたね。そんな心遣いがとっても嬉しかったのを覚えています。

だけど、やはり無理をし過ぎてしまったのでしょう。

結婚式を明日に控えた前日、急に肩に激痛が走り、腕が上がらなくなったのです。

まさか、こんなときに。

気持ちは焦る一方で、じっとしていても肩に激痛が走り、とても立っていることができず、転げまわるほかありませんでした。

冷やしたり湿布をしたり応急処置をしましたが、一向によくなる気配もなく、「弱ったな……」と頭を抱えてしまいました。

そんな様子をちょうど来客として来ていた、妹の義理の両親に見られてしまい、「しようがないわねぇ」と笑われたことが印象に残っています。仕事はほどほどに。結婚前日にそんなことばがよぎったのでした。

ほとんど眠れないまま朝を迎えた、結婚式当日。

肩の痛みがどうしてもひかなかったため、結婚式場に向かう途中、病院で痛み止めの注射を打ってもらいました。

結婚式の準備のときも肩は痛みましたが、結婚式が始まり花嫁衣裳を見た瞬間、肩の痛みはうそのように消え、あなたにくぎ付けになってしまいました。

それほど綺麗だったんだよ。

「行ってらっしゃい」が僕の原動力に

接待ゴルフや友人との釣りに出かけ、休憩時間におにぎりを食べていると、「そのおにぎり、奥さんの手づくり？　うちなんてそんなのつくってくれないよ（笑）」と言われたことがありました。

あなたは、どんなときも――仕事のときもそうじゃないときも、いつも僕がでかけるときは朝早く起きて朝ご飯をつくって、「行ってらっしゃい」と送り出してくれましたね。

仕事で神田に通っていた頃は、７時前には起き出して朝ご飯をつくり、

「行ってらっしゃい」。

ゴルフや釣りで朝早く家を出ていくときも、必ず朝起きて特製おにぎりをつくってくれて、笑顔いっぱいで「行ってらっしゃい」。


小夜子のつくるおにぎりはとってもシンプル。

ご飯に少し塩をきかせて、のりを巻く。シンプルなおにぎりだけど僕にとってはごちそうでした。僕もあなたのおにぎりを真似してつくることがあるけれど、不思議と同じ味にはなりません。

今、出かけていくときは遺影に向かって「行ってきます」と声をかけます。

返事はかえってこないけれど、あなたなら「行ってらっしゃい」と言ってくれる気がします。

ノルウェーの風に吹かれて

僕たちはとにかくヨーロッパ方面が好きで、あちこち出かけましたね。

その中でも僕がとくに印象に残っているのが、デンマーク、スウェーデン、ノルウェーの3カ国をツアー旅行したときのことです。

ノルウェーのソグネフィヨルドを遊覧船で巡りながら、氷河によって浸食された両岸の断崖の間を通っていく。

すごく気持ちのいい風を受けながら、目の前に現れる山々の大自然に僕たちは、ことばを忘れてずっと眺めていました。

あのときの開放感、心地よさを僕は忘れることができません。


そのとき訪れたスウェーデンでのことです。

観光が終わり、自由時間になったので僕たちはおよそ日本人がまず行かないような地元の居酒屋さんに入りました。ことばもわからないまま、その場のノリでいくあなたはとてもいきいきしていたっけ。

ついには、日本に来たことがあるという水兵さんと意気投合し、一緒に飲むことに(笑)。どこへ行ってもあなたの明るさと天真爛漫さに人が集まってくるんだなぁと感心したものです。

デンマークでは、魚の美味しさに感動して、ニシンやキャビア、マス、シャケをお腹いっぱい食べたよね。あなたはキャビアがとくにお気に入りで、お土産に何個も買っていたのを思い出します。

ラスベガスのカジノでエキサイト！

「私たち、ハワイには何度も行ったけど、アメリカ本土のほうには行ったことないよね」

そんな話をしていたこともあって、僕たちは2000年、ロサンゼルス～ラスベガスを巡る旅をしました。

飛行機でロサンゼルスへと飛び、そこからバスでラスベガスに入るというもの。アメリカで、しかもバスで移動するなんて「大丈夫かな？」と思ったものの、あなたは「なんとかなるわよ」と気にも留めていませんでした。あなたはとにかくお得なツアーを見つけてくるのが得意で、このときも大当たりのツアーでした。

なにもない砂漠の街キャリコを通り抜け、「こんなところにカジノがあるのか?」と思いきや、ラスベガスの街に近づくにつれ、ライトがギラギラ、豪華絢爛なホテルが見えたときにはあっけにとられ、2人して、「なにこれ! さっきと全然景色が違う〜」とはしゃいだよね。

ラスベガスといえばカジノ、ということで、僕はスロットマシーンで遊んでいました。あなたはその様子を後ろから見ていましたね。「せっかくだからやったら?」と言っても、横に首を振るだけ。そうそう、ドルマシーンはやらなかったけど、バカでかい金貨を使っている人がいたよね。あれっていったい何だったんだろう? 本物なのかどうか、僕もいまだにあの金貨の正体はわかりません。

ほかにはルーレットやポーカーに興じる人がいて、あなたはそれを見るだけで十分満足そうでした。刺激的なアメリカ・ラスベガスの夜。お酒などのドリンク類もタダで飲み放題だったから、僕はちまちまビールを部屋までエレベータで運んでたっけ。

自分のセコさが嫌になりましたが、あなたはどこに行っても、にこにこ笑顔でいてくれたよね。本当にあなたは、その場を楽しむ天才でした。

ケンカしても、すぐ忘れる
それが、長続きの秘訣

「原田さんのところはいつも仲良しだね」

「いつも2人で楽しそうだよね」

よく友人や仕事仲間からそう言われました。「いやいやそんなことないよ」とその場は言っていたものの、僕たちは割と仲のいい夫婦だったんじゃないかと思います。

会社を起業して少し経ってからあなたに経理を任せることになって、それこそ仕事中も、家でもずっと一緒にいる生活になりました。

あなたが亡くなる直前まで外食や旅行に出かけ、まさに「いつも一緒」だった僕たち。

思い返してみると35年間の結婚生活の中で大ゲンカをした、という記憶がありません。

もっと言うと、ケンカらしいケンカはほとんどしなかったと思っています（僕だけがそう思っているのかもしれないけれど）。

たとえ口ゲンカになって、口もききたくないほど怒っていてもそれはたった1時間だけのこと。また、僕もケンカしたことを忘れていて話しかけるもんだから、あなたも仕方なさそうに話す。そんなやり取りがあったから、僕たちは仲良くいられたのかもしれません。

もしかしたら小夜子のほうがたくさん僕に合わせてくれていたのかな。

そんなことが当たり前になってしまって、コストコの帰りに小夜子から「コメダ珈琲店に行きたい」と言ってくることがあっても、僕は「もうすぐ家だから、また今度にしようよ」と言ったよね。

それをとがめるでもなく、「うん、そうね」と言って僕に合わせてくれていたね。


そうそう、晩年あなたは「老後は田舎の平屋の家に住みたい」と言っていたけれど、僕はそれをあまり真剣に受け取らず「嫌だよ、東京にいようよ」と言ってしまいました。

こんなふうに早く逝ってしまうとわかっていたら、もっともっとわがままを聞いてあげればよかった。それが心残りだよ、小夜子。

経理で、相談役として支えてくれた小夜子

２００６年、仕事の拠点を神田から北千住に移し、新たに事務所を開設しました。

それまでずっと共同経営で自分の事業部の営業から開発、経理までをほとんどひとりでこなしてきた僕にとって、新たに事務所を構えたことは大きな転換点でもありました。

順調にお客さんも仕事量も増え、スタッフもどんどん増えていきました。しかし、僕は安心して仕事を任せられる人を見つけることができなかったのです。

そんな僕を見かねたのか、あなたは少しずつ僕の仕事を手伝ってくれるようになりました。経理の経験はなかったのに、一所懸命経理業務の

北千住オフィスでの小夜子

手続きを覚え、さらにはパソコンでの作業も覚え……。またたく間に僕の仕事の3分の1を手伝ってくれるまでになりました。面と向かってはなかなか言えなかったけれど、今の会社があるのはあなたのおかげです。

あなたはなにか業務でわからないことがあれば、すぐに聞いたり、本で調べたりしてくれました。見えないところでの努力が功を奏し、煩雑な手続きも次からはひとりでできるようになっていました。これも口には出しませんでしたが、飲み込みの早さに驚いたものです。

経理事務と、営業周りを一緒にしてくれるようになってから、業務負担は減りました。そして僕のメンタル面はかなり安定するようになりました。なにせ、どんなことでも相談できるのですから、僕にとって正真正銘の最高のパートナーだったのです。

なにしろ僕はこの時点で人生の一番の親友と先輩を亡くしており、小夜子が唯一の相談相手でもありました。

だけど、そうしたことがじわじわとあなた自身に負担をかけていたとしたら……。僕は今でも、いてもたってもいられない気持ちでいっぱいになるのです。

真向法体操で妻から健康をプレゼント

お世辞にもあなたは運動神経がいいほうとは言えなかったけど、体を動かすのが好きで、外でも家でもよく体を動かしていましたね。中でも、〝真向法体操〟は真剣に取り組み、生徒さんをとるほど頑張っていました。生徒さんからの評判は上々で、週1回、カルチャーセンターで行う講座準備を熱心にしていましたね。「今度はこんな健康法を話すのよ」

といって、僕を生徒さんに見立てて、何回も授業の練習をするあなたは、本当に楽しそうでした。

僕は真向法体操を知らずにいたので、結婚してから毎日、真向法体操を教えてもらいました。あなたは一所懸命にトレーニングして、師範の免許を取得していました。

「たった4ポーズだから簡単でしょ？」と言われ、毎日のように体を伸ばしていたことが、今の僕の健康にもつながっています。小夜子、本当にありがとう。

亡くなる直前まで、真向法体操を熱心に教えていました。まだまだ、教えたかったでしょう。

しかし、心配することはありません。きっと今後は教え子さんたちが、真向法体操を教えていってくれると思います。え？　僕はあれから真向法体操やっているのかって？

ごめん、実は今やっていないんです。

あなたがいた頃はよく寝る前に「ねえ敏明さん、今日はもう体操やった？」と聞かれ、「ああうん、これからやるところだったよ」と返すのが僕たちのひとつのコミュニケーションでした。「今はね、やっていないんだよ」なんて言ったら、怒るかもしれないね。

しばらくやっていなかった、真向法体操。再開しようと思います。

「ありがとう」が口癖

今、あなたの写真を見て思い出すことと言えば、笑顔と「ありがとう」という口癖です。

本当にちょっとしたことでもすぐに「ありがとう」と言ってくれる人でした。お土産を買って帰ったときも、家の電球を取り換えたときも、空っぽになったグラスにビールをついだときも、いつも「ありがとう」と言ってくれました。

結婚したばかりの頃、僕はすすんで「ありがとう」と言う人間ではなかったから、最初は少し驚きました。それどころかあなたがあまりにも感謝のことばを口にするものだから、「本当にそう思って言っているの？」なんて感じたこともあるくらい。

だけど、よく見ていると、僕だけではなく周りの人に「ありがとう」ということばを振りまき、笑顔にさせる。そんな人でした。小夜子の口癖が僕にもうつり、ここ10年くらいは自分から「ありがとう」と言うようになりました。

社員、お客さん、友人、知人、そして近所の人にも。言ってみて、自分もこんなに気持ちがいいものなんだって気づいたんです。あなたは、僕に「ありがとう」の大切さを教えてくれました。一番、「ありがとう」を伝えたいあなたがいないのが本当にさみしくてたまりません。

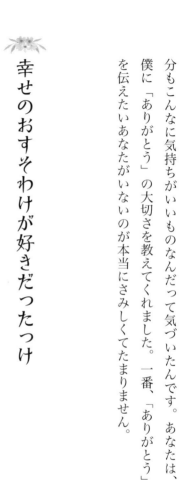

幸せのおすそわけが好きだったっけ

僕たちはとにかくいろいろなところに出かけていくのが好きでした。旅先で食べるご飯や、美味しいお酒。きれいな景色や現地の人たちとのおしゃべりなど、たくさんの思い出があります。

だけどあなたはきっと、それよりも幸せのおすそわけをすることの方が好きだったんじゃないかな。旅先に行っても必ず「うちのお母さんにはこれ、あなたのお母さんにはこれを買おう」「○○ちゃんにはこれにしよう」と、幸せを独り占めにしない、そんな優しさがあふれていました。それだけではありません。誰かからいただいたお菓子や、海産物は必ず「○○さんにあげよう」「○○さんに持っていって」と自分のことよりも、人の幸せを考えるようなところがありました。そんなあなたを見て、僕も自然と人に贈り物をすることが好きになったんだよ。

僕はウニやいくらなどの海産物を、分け合ってみんなで食べるのが好き。

対して小夜子は甘いものが好きで、よくケーキや焼き菓子をあげていましたね。僕はちょっと見栄っ張りなところがあるから、「そんな安っぽいものあげていいの？」とつい思ってしまうこともありましたが、値段にはこだわらず「○○さんが喜んでくれたらいいから」と考え、人とのつながりを大事にしていました。そんなところも大好きでした。

結婚の挨拶　義父の不可思議な行動

結婚してから、小夜子の家にちょくちょくお邪魔するようになって、僕は小夜子の家族があったかくて、家族の絆が深いことに改めて気づかされました。小夜子の家族のエピソードは山ほどありますが、中でも僕が一番忘れられないのが、お義父さんとの思い出です。

1986年、結婚前のご挨拶にいったときのこと。応接間に通され、お義父さんとお義母さんが僕の前に、横には小夜子が座り、「結婚させてください」と挨拶をしました。

両親の承諾をもらってあなたが嬉しそうな笑顔を見せたこと、今でも覚えています。

「お茶を入れなおしましょうか」とお義母さんが台所に立ち、お菓子やお茶の準備をしてくれている頃、なんと、いつの間にかお義父さんは外に出かけてしまったんですよね。

これには僕もびっくりしました。

「本当はお義父さん、結婚に賛成していないいんじゃ……」という気持ちになり、僕は思わず下を向いてしまったと思います。するとそれを察してくれたのか、お義母さんが「敏明さん、気にしないでくださいね。うちの人、いつも途中でどこかにいなくなっちゃうのよ」と言うのです。

「そんなことあるのかな?」と僕は半信半疑でしたが、結婚してみてよくわかりました。本当にお義父さんはふらりといなくなってしまうことに!

家族で浅草にどじょうを食べに行ったときも、食べ終わった後、いきなり帰ってしまったり、アユ釣りに一緒に行って竿は貸してくれるけど、やり方は教えてくれずにどこかに消えてしまったり（笑）。

最初の頃は面食らってしまいましたが、月日が経つにつれ僕も「ああ、またお義父さん先に帰っちゃったの？」と思うようになりました。そのお義父さんも、２０２１年、あなたの後を追うようにしてふらりと亡くなってしまいました。こちらは寂しい限りです。

独特の感性を持ったお義父さんにふと会いたくなります。小夜子、向こうでお義父さんと再会できましたか？

新婚初夜は2人で朝帰り

僕たちの結婚式は小夜子が決めた千鳥ヶ淵のファエモントホテルでしたね。二次会はみんなでやりましたが、三次会の後に男友達3人に「六本木に飲みに行こう」と誘われ、飲みにいったこと、覚えてますか？

誘ってくれたのは僕の小学校、中学・高校のときの友人。「おめでとう！　小夜子ちゃんみたいなかわいい子もらってよかったな！」「小夜子ちゃんを幸せにするんだぞ！」なんて冷やかされながら、僕は内心とても嬉しかったのを覚えています。

「結婚式の夜に飲みに行くなんて……」と思う人もいるでしょうが、あなたは全然気にせず、ワイワイみんなで飲み明かしました。「僕の友達は自分の友達」みたいな感覚だったのでしょう。結婚してからも、よく飲み会に参加しては一緒に踊ったり飲んだりして楽しんだものです。

僕は結婚式前日から肩が痛いのもあり、体は疲れていましたが、心はむしろ元気いっぱい。朝の5時くらいまで飲んだあと、笑いながら2人でタクシーに乗り込み、帰ったのをよく覚えています。朝帰りをしたこと、本当に楽しかったよね。

あなたはみんなでワイワイ飲んだり楽しく過ごしたりするのが好きでしたね。僕がいつかそっちに行ったときもみんなで集合して、またワイワイ飲みましょう。

お母さん思いの小夜子

　あなたとお母さんは、本当に仲良し親子でしたね。結婚してからも頻繁に行き来をして、「お母さん、元気にしてる？」とお母さんのことを気にかけていましたね。

　誕生日やクリスマスといったイベントのときはもちろん、旅行に行ったときもまず選ぶのは、お母さんと、僕のお母さんのお土産。両方に同じものをお土産に買い、僕の親にも本当に優しくしてくれました。中でも、ヨーロッパ旅行のお土産でエルメスのスカーフを買ったことをよく覚えています。何にしようかさんざん悩み、最後に「うん、これにしよう」と言って肌触りのよい、色違いのスカーフをプレゼント用に包んでもらいました。「お母さんたち、喜ぶかな」と言って、にこにこしている姿が今でも目に浮かびます。

僕の母もあなたのお母さんもだいぶ年を取って少し物忘れをするようになりましたが、元気でやっています。先に逝ってしまうなんて、予想していなくて相当ショックだったと思います。きっと、亡くなったことを今でも信じられないのでしょう。すっかり口数も少なくなってしまいました。「僕が一番ショックだ」と思っていたのですが、なんといってもあなたを生み育ててきたお母さんの悲しみやショックもまた、はかりしれないと感じるようになりました。

結婚指輪紛失事件？　だけど……

ツアーでスウェーデンに行ったときのこと、僕たちはいつもそうするように、飲み屋に出かけました。そのとき、小夜子は、ツアーコンダクターに「結婚指輪をなくしたのよ」なんて話していましたね。

普通なら、結婚指輪をなくすなんてちょっとした一大事。だけど、小夜子もそして僕も結婚指輪をなくしたことにショックを受けることもありませんでした。というのも、その指輪はオリジナルの金の指輪でしたが、僕たちはそのデザインが気に入っていなかったのです。

「なくしちゃった」ことを聞いたときに、僕は小夜子に対して怒ることも、ケンカもしませんでした。しかも、結婚指輪をなくしたからといって、また買い直すということもしなかったのです。普通とはちょっと違う感覚。だけど小夜子と僕は不思議とそういう価値観が似たところがありました。結婚指輪は好んでしませんでしたが、小夜子はファッションリングのような、アクセサリー類が大好きでした。特に好きだったのがイヤリング。大きなイヤリングをいつも耳からぶら下げ、キラキラさせていました。

そうだ、プレゼントしたアクセサリーで一度大失敗をやらかしたことがあったよね。たしか、クリスマスのとき。安物のダイヤのネックレスをあげたら、「なんでこんなものを買ったの？」とカンカンに怒られたっけ。こだわりがあった小夜子。自分の意思をはっきり伝えられる芯の強いところも好きでした。

楽しかった、アメリカのセントラルパーク〜トランプタワーの思い出

トランプが大統領になった次の年、小夜子と一緒にニューヨークのトランプタワーに行きました。トランプタワーに行ったのは真冬の12月。雪が積もる中、寒さに震えながらセントラルパークまで歩いていったこと、覚えているかな。

最初は「地下鉄で行こう」と話していたのに、あなたは何度やっても改札をうまく通れませんでした。ついには駅員のおばさんが柵を乗り越えて怒りだす始末（笑）。それで地下鉄はあきらめて、雪が降る中、セントラルパークまで歩くはめになりました。だけど、地下鉄に乗らずかえって僕はよかったと思っています。セントラルパークまでいくつもの

ストリートを越えて、２人、ほっぺたを赤くしながら歩いたこと。行き交うニューヨーカーたちを眺めながら、写真を撮ったこと。本当に楽しかった。

そうそう、そのとき履いていた温かい防寒ズボンは「思い出のズボン」として大事に取ってあり、今でも履いています。

やがてセントラルパークへの途中にある超高層のトランプタワーに到着。そこでは持ち物チェックが厳しくて、全部中身を見られたよね。中は高級感たっぷりの金ピカの館内！　僕たちはしばし、ぼーっと中を眺めていました。中でも小夜子は当時、トランプタワーに飾られていたクリスマスの丸いリースがお気に入りで、しばらくＬＩＮＥのアイコンに使っていましたね。今やアメリカも大きく変わりました。僕も小夜子を失って心は大きく変わりました。あのときのことが懐かしく思い出されます。

子どもを欲しがっていたけれど

新婚当時から「いつかは子どもがいたらいいね。でも、両親に似たら運動神経は全然ダメな子だよね」なんて話していた僕たち。とくにあなたは生まれてもいないのに、赤ちゃん用品をいっぱい買って、赤ちゃんができるのを楽しみにしていました。当時、僕は40代で、小夜子は30代前半。年齢的にも僕は「子どもなんていつでもできる」そう思っていました。

しかし、何年たっても子どもができる気配がない。だけど僕はあまり深刻に考えていませんでした。そのときも「まあ、いつかはできるだろう」と考えていたからです。ところがあなたは人知れず悩んでいたのかもしれませんね。

ある日のこと、「私たちにはもう子どもはできないと思う。子どもがいない人生を考えよう」と僕に告げました。改まってそういわれて僕は少し動揺してしまいました。それと同時に「子どものいない人生を覚悟したんだな」という決意を目の当たりにしたのでした。僕は少なからずショックを受けましたが、ただ小夜子の決意を受け入れようと思っていました。小夜子が元気で笑っていてくれるなら、それでいい。心の底からそう感じていたからです。どんなことであっても、あまり動揺せず、静かに受け入れていく小夜子。あなたの強さを感じた瞬間でもありました。

愛犬カーリーとの出会い

子どもがいなかった僕たちは、〝とら〟と〝チャッピー〟と名付けた家猫と、〝まる〟という半のら猫を飼っていました。猫のいる生活は楽しいもので、あなたもよく可愛がっていましたね。

しかし、とらが天に召され、僕たちの心にはぽっかりと穴が空いてしまいました。そんなとき、友人から「犬を飼った」という話を聞いて、僕たちも犬を飼うことにしたのです。あなたから「犬を飼わない？」と聞かれたとき、犬派だった僕はすぐに賛成。そこで早速、ペットショップへ犬を見にいきました。案内されたのは、黒と茶色のダックスフント2匹。とってもかわいかったのですが、そのときは買わずに帰宅。

2人でいろいろ話しましたが、一番気になったのは、ペットショップが劣悪な環境で、可愛がられていない印象を受けたこと。僕がそのことをぼそっとつぶやくと、「私もそう思ってた」と言ってくれました。「何とかあの子を助けてあげたい」という気持ちもあったかもしれません。僕たちは再度そのペットショップに行き、黒いダックスフントを迎えることにしました。

それが、愛犬カーリーです。

カーリーとのお散歩が日課

カーリーが来てから、僕たちの生活は一変しました。なにしろ、すべてカーリー中心の生活になったのですから！　食べるものやお散歩の時間にも気を配り、しつけ教室にも通わせました。だけどそういった一連の行動は何も苦になりませんでした。とにかくカーリーが可愛くって仕方がなかったのです。あなたも同じ気持ちだったのでしょう。僕が帰宅すると、まず今日カーリーにあったことを話して聞かせてくれました。犬派ではなかった小夜子、カーリーが変えてくれたのでしょう。

お散歩コースは決まって家の周り。ちょっと太り気味ですぐ疲れるカーリー。お散歩はあまり好きではなかったのかもしれません。桜の季節には抱っこしてお花見もしましたね。僕も仕事が休みのときは、暇さえあればカーリーとの時間を楽しみましたね。車に乗るのが大好きだったカーリーは、いつも僕たちと一緒だった。国内旅行にもよく一緒に出かけていましたね。ただ、海外旅行のときは連れていけないので、ペットホテルに宿泊させることもありました。

大好きなカーリーと

そんな可愛いカーリーが天に召されたのは2018年、僕が70歳になる少し前のことでした。「手術すれば1年ぐらい寿命が延びる」と東大病院の獣医師に言われ、大金をはたいて手術をしました。確かに寿命は1年延びたものの、亡くなってしまいました。

2人にとってカーリーは子どものような存在でしたね。とくにカーリーとずっと一緒にいたあなたは、かなり落ち込んでいました。亡くなってからしばらくカーリーの骨をうちに置き、よく話しかけていたっけ。あなたが体調を崩し、入院してからも心のどこかでカーリーのことが気にかかっていたんでしょう。あるとき僕に「お寺にカーリーの骨を持っていったほうがいいんじゃない？」と言い、僕は言われるままに骨をお寺に持っていき、納骨してもらいました。そのときは、まさかあなた自身も逝ってしまうなんて思っていなかった。だけど……、もしかしたら自分がそんなに長くないこと、どこかで感じていたのでしょうか。

十八番はテレサ・テン

あなたはカラオケが好きで、時間があるとよく２人で出かけましたね。とくにテレサ・テンが大好きで必ず歌っていました。

『愛人』『別れの予感』『時の流れに身をまかせ』などなど、本当に好きだったのでしょう。だけどあなたがいなくなってから、ふと「テレサ・テンの歌ばかり歌っていたのには、理由があるのかな？」と思うようになりました。それも、「別れた人のことを思っていたのかな」なんて。

そんなふうに考えたのは、原田小夜子感謝の会であなたの大学時代の友人からもらった写真に、背の高いかっこいい男性が写っていたから

（143ページ参照）。

「本当はこういう人が好きだったのかな」

「僕は小夜子にとって理想の男性ではなかったかもしれないな」

あなたは笑うかもしれないね。だけどね小夜子、僕をどう思っているか、本当に知りたかったんだよ。今度会えるときがきたら「本当に僕で良かったの？」と思い切って聞いてみたいと思っています。

もちろん、そのときはまたあなたの十八番のテレサ・テンも聞かせてください。

映画鑑賞は決まって「アクション映画」

2人は映画鑑賞という共通の趣味がありましたね。特にあなたがお気に入りだったのは、アクション映画。日比谷や西新井の映画館に出かけては、ポップコーンを食べながら映画デートをしましたね。

印象に残っているのは『ワイルド・スピード』『トゥームレイダー』『バック・トゥ・ザ・フューチャー』『ジュラシック・パーク』など。

小夜子と最後に観に行ったのは『ロケットマン』でした。エルトン・ジョンの半生を描いたその映画に僕はすっかりはまってしまったのです。僕はそのときまで、好きな俳優もアーティストもいないし、ましてや主人公であるエルトン・ジョンは嫌いなほうだったのに、映画を観てから彼のことが大好きになりました。

あなたに「好きなアーティストができたね」と言われ、それから一緒にエルトン・ジョンの歌う『Sad Songs (Say So Much)』をはじめ、いろいろな曲を聞くようになりました。

年輪を重ねて、前まで嫌いだったものが好きになる。そんな変化を楽しんでもいました。それは、いつも小夜子が側にいてくれたから。今、エルトン・ジョンの曲を聞くと、思い出して切なくなります。

僕は、離婚は考えてもいなかった

まったくの偶然だとは思いますが、僕たちが若いころ一緒に旅行に行ったりゴルフに行ったりした夫婦は、そのほとんどが離婚してしまいました。なぜか僕たちだけが離婚せず生き残ったのです（笑）。友人である夫や妻から、よくよく相手の愚痴を聞かされたものです。男女問題や金銭感覚の違い、さらには価値観の違いなどからケンカになり、離婚することもあったのでしょう。だけど、僕は小夜子の愚痴を友人にこぼすことはありませんでした。だから、35年の結婚生活で「離婚」という2文字がよぎることはありませんでした。

「ほんとう〜？」と小夜子から言われてしまいそうですが、僕にとっては完璧な女性だったのですよ。

生活していて見えるあなたの欠点なんて、取るに足らないもの。むしろそんな欠点も可愛く思えていたのです。こんなこと、面と向かっては言えなかったけれど。「こうしてほしい」「ここを直してほしい」という要望も全然浮かんではきませんでした。こういうことを言うと、よく友人から「本当に君のところは仲がいいな」なんてうらやましがられたりしたんだよ。おそらく、僕と小夜子はすごくすごく馬が合っていたのでしょう。僕はそんな人に巡り合えて本当に幸せ者だった。

小夜子はわが人生の専属運転手

会社の移転に伴って、僕と小夜子は一緒に仕事をするようになりましたね。仕事でも家庭でも一緒にいられることで、どんなに僕は安心したでしょう。もうひとつ、あなたに任せて安心しきっていたことが、〝車の運転〟でした。

遊びにいくときも、仕事のときも僕は車を運転してもらうのが常でした。車の運転が本当に上手で、車庫入れも狭い道もなんのその。あなたの運転テクニックにはかないませんでした。

車で送り迎えをしてくれるだけではなく、仕事のときは、僕が営業している間に車で待っていてくれましたね。それももちろん助かったけれど、移動中に営業に関して熱心にアドバイスをしてくれたことも、僕はとてもありがたかった。あれこれ2人で戦略を考える時間は、かけがえのないものでした。

結果、ひとつ200~300万円もする自社開発の業務管理システムを150あまりも販売できて、業界シェア日本一になりました。以来、営業がずいぶんやりやすくなって業績がぐんとアップ。それもあなたのおかげだったと思います。もちろん、同業他社の製品は数千万円もしたので、リーズナブルさが受けた面もあるでしょう。だけどそれよりも大切だったのは、営業のときも「小夜子がいてくれる」という圧倒的な安心感でした。なかなか人には見せられない弱みをあなたにになら話せた。営業を陰から支えてくれた。だから僕は、どんどん契約を取ることができました。
ありがとう、小夜子。あのときの頑張りが、今の会社の土台になっています。

小夜子が、僕のプレゼンテーションのコーチに

小夜子がもうひとつ得意にしていたこと。それが〝プレゼンテーション〟でした。真向法体操の師範だったあなたは、とにかく人前で話すのも本当に上手でしたね。

一方僕は、あまり話すのが得意ではないタイプ。だから、大事なプレゼンの前には練習にも付き合ってくれましたね。ビデオを撮りながら、

いろいろ注意されたっけ。
「モゴモゴ言わないの」「もっとはっきり！」「何言ってるかわからないよ」「語尾が聞き取れないよ」「もっと大きい声でしゃべりなさい」と、何度も何度も注意されて、ときに練習は深夜にまでおよぶこともありました。あなたはプレゼンのコーチでしたね。

だけど、とうとう僕はあなたのようにうまく話せませんでした。それは今も同じ。人前で話す機会があるたび、「もっとはっきり！」という声が聞こえてきそうです。小夜子にまた会うときまでに、もう少し練習して少しは成長したところを見せられたらいいな。70を超えた今でも、そんなふうに思うのです。

結婚10周年記念でプレゼントしたルビーの指輪

小夜子、覚えていますか。

僕が結婚10周年記念にルビーの指輪をプレゼントしたこと。10周年、というメモリアルな年だったこともあって、できれば記念に残るものをあげたい、例えば指輪とか……とあれこれ考えていました。なにしろあなたは「こんなプレゼントが欲しい」とリクエストしないし、僕も何が欲しいか聞いたりもしない。それに、すでにあなたは多くのアクセサリーを持っていたので、今さら指輪をあげても喜ばないかもな、なんて。ほとほと困っていたのです。

悩んだ挙句、僕は当時ものすごく流行っていた寺尾聰の歌『ルビーの指環』にちなみ、ルビーの指輪をプレゼントしました。結婚記念日当日は、本当に喜んでくれました。だけど、その後僕はルビーの指輪をつけているのをあまり見たことはありません（笑）。

あなたは大事なものはしまっておくところがあったので、もしかしたらあまり出さずにおいてくれたのかもしれません。夫婦であっても、知らないところはたくさんあるもの。僕は時折、『ルビーの指環』を聴いてはそんなことを思っています。

乾杯はいつもビール

旅先でも、家でも、まず「ビールで乾杯」がマイルールでしたね。
僕はそこまでお酒に強くないけれど、あなたはお酒にめっぽう強い。

ビールもワインも日本酒も飲んでいましたね。

そうそう、ビールと言えば夏真っ盛りの暑い日に、近くの中華料理店で飲んだことがありましたね。汗がぽたぽた垂れるくらいの暑さで「早く店に入ってビールでも飲もう」と2人で入り、昼間からビール！と決め込んだのでした。

店に入り、凍るくらいキンキンに冷えているビールを今か今かと待って、プシュッと栓を抜いたとき、早く飲みたいばっかりに僕がうっかりとビールをこぼしてしまったことがありました。

「わ〜もったいない〜！」と僕が慌てるのをあなたはおかしそうに目を細めて笑っていましたね。夏が来るといつもそのことを思い出します。

僕は最近ますます飲めなくなり、小さい缶ビールを1本飲むともうノックアウトです。もうあのときのようにビールは飲めないけれど、あなたを思い出しながら、ひとりで「乾杯！」の毎日を送っていきます。

ビールで乾杯

思い出深い、箱根彫刻の森美術館

いろいろなところへ旅行に行きましたが、「何回も行った」というとやはり箱根かもしれません。車で約2時間の箱根は、温泉や美味しい店がたくさんあり、お気に入りの場所のひとつでした。

あれは、僕の両親と箱根に行ったときだったかな。彫刻の森美術館で僕の両親と待ち合わせをして、彫刻の森美術館を見て回りましたね。屋外にあるさまざまな彫刻物に「うわ〜すごい」とか「素敵ねぇ」とか言いながらぶらぶら歩いたのを今でもよく覚えています。

思えば、この企画もあなたがすべて段取りしてくれました。僕はただついていくだけでよかった。そういうところでもたくさん甘えていたんだなと思います。

大阪のキャバレーをお土産話に

僕は仕事で各地を回ることが多かったので、よく小夜子に〝お土産〟を買って帰っていました。でもあなたは〝お土産話〟を聞きたがりましたね。中でも大阪のキャバレーの話がお気に入りで、僕は何度か話したことがあったと思います。

昔、お客さんの接待で訪れた宗右衛門町にあったキャバレー。そこで接待してくれた社長の話が面白かったこと、女の子たちといろいろなおしゃべりをしたこと。そこは踊り子がチップを渡すと踊ってくれる店でした。そのこともあなたは知っていたと思います。なのに、「うんうん、それで？」と面白がって聞いてくれましたね。

女性の中には「そんなお店に行くなんて」とか、「そんな話面白くない」と言う人もいそうなのに、あなたはむしろ自分の知らないことをもっと知りたい！　と思うようなところがありました。

だからでしょう。僕も特に小夜子になにか隠しごとをしたり、話しちゃいけないなんて自主規制することもありませんでした。小夜子、本当に一心同体の存在だったんだよ。

心臓の病で倒れたときも、そばにいてくれた

仕事の忙しさからなのか、もともと心臓があまり強くなかったのか、僕は69歳のとき、心臓カテーテルアブレーション手術をしたことがありました。その手術自体はそこまで難しいものではなかったのですが、なにしろ場所が場所。だけど僕は「別に大丈夫だろう」とふだんどおりの生活をしようとしていました。

そんなときです。

家で2回も倒れてしまいました。危なかったのは2回目。ドアに向かって急に倒れたので、ドアのガラスはガッシャーンと割れ、僕はガラスまみれになってしまいました。しかも僕は動くことができません。ガラスまみれに倒れていた僕をあなたが見つけてくれて、救急車で病院に行

くことができました。あのときは怖い思いをさせてしまったよね。命にかかわるようなことにはなりませんでしたが、きっとひとりで心細かったでしょう。なかなか帰らずに夜遅くまでずっといてくれましたね。

あまり細かなことを覚えていないのですが、医師から言われて覚えているのは、そのとき飲んでいた薬が血液をサラサラにするための薬だったため、血が出るとなかなか止まらなくなってしまうということ。少しでもどこか出血すれば危なかったのです。僕はガラスまみれにはなりましたが、運よく血が出なかったのです。いろんな偶然が重なって、僕はまだこうして元気に生きています。

できるなら小夜子、あなたに僕の幸運を分けてあげたかった……。

結婚30周年で訪れたニューヨーク

結婚30年では、アメリカ・ニューヨークに行きましたね。僕が印象に残っているのは、ブルックリンのダイカーハイツのイルミネーションです。クリスマス時期とあって豪華絢爛なイルミネーションをあちこちで見ましたね。電気代が100〜200万円かかることにも驚きましたが、なんとそれらは一般のご家庭で飾りつけしている、と聞いて二度びっくりしました。

日本じゃまずお目にかかれない、綺麗なイルミネーションたち。「わぁ……」とあなたの顔がイルミネーションに照らされてまぶしく映ったのをよく覚えています。

冬のニューヨークは本当に寒く震えそうなくらいでしたが、あの想像

イルミネーションの輝き

を絶するほどの輝きを僕は生涯忘れることはないでしょう。小夜子も、きっとそう思っていたんじゃないかな。

胃が痛い、と言われて胃カメラへ

それはがんと診断される2～3年前のことでした。小夜子は胃の痛みを感じ近所の病院の胃腸科に行き胃カメラの検査をしました。

あなたは「何か病気なんじゃないか」と、とても心配していましたが、胃カメラの結果では異常なし。「何もなくてよかった」と友人にLINEをしていましたね。検査の結果、異常はなかったものの「がんになるかもしれないから」と、がんの原因のひとつにもなる、ピロリ菌を除去しました。

あなたは「これで大丈夫」と安心したのでしょう。僕だって、そう思っていました。のちのち大変なことになるとはこれっぽっちも想像していませんでした。僕も胃が痛いことがよくあり、「太田胃散でも飲めば治るよ」と言っていたくらいですから。

そのときは結果としてがんを早期発見できなかったことになります。だけど、ひょっとするとその後違和感があったのではないでしょうか。それでもいつも頑張り屋のあなたは、体調が悪い、という話もほとんどしませんでした。だから、僕もまったくわからなかったのです。

あのとき手を打っていたら今ごろは元気でいたのかもしれない……。僕はあなたががんとわかってから今に至るまでずっとそう思っています。

最後の旅行は白川郷

僕は今でも信じられません。最後の旅行が、こんなに早く来てしまうことになるなんて。コロナ禍になる前は、年に1回は海外旅行に行きましたね。あなたはハワイが好きで、「オアフ島は飽きちゃったな（笑）」なんていうくらい、お気に入りの場所でした。アメリカ、スペイン、イタリア、ポルトガル、オーストリア、ドイツ……海外旅行では現地の美味しい料理とお酒を飲んでは、夜中までおしゃべりしましたね。コロナが広がり、海外に行けなくなってからは、国内も随分めぐりました。

そのひとつが、白川郷。僕もあなたも初めてのところで、「どんなところなんだろう？」とパンフレットを眺めてはあれこれ話をしたものです。

迎えた2020年7月、3泊4日の予定で訪れた白川郷。「バス旅行なんて、なんだか遠足みたいね」と言っていたのを思い出します。白川郷の合掌造りに圧倒され、和田家の前で記念写真をパチリ。バスの中でガイドさんが歌っていた白川郷の民謡を録音。合掌造りの村落を流れる庄川。そして、夕飯の郷土料理に美味しい地酒。

普段どおり、元気いっぱいな姿がそこにはあり、僕は「また来ようね」とあなたに言いました。

あんなに食べることが大好きだった小夜子。向こうで、美味しいものをいっぱい食べていますか？　そうだったらいいな。

２０２０年秋、異常あり

２０２０年秋、あなたは原因不明の病気で東京女子医大の婦人科に検査をしに行きましたね。婦人科では異常がなかったものの、「胃のこともみてもらおう」と、念のために胃腸科の検査をしたのでした。ところがＣＴを撮ったところ胃に異常が見つかり、婦人科から消化器内科に移動しました。そこでは僕だけが医師に呼ばれ「がんはステージ４で、もう余命わずかでしょう……」と宣告されたのです。まさに青天の霹靂でした。

婦人科からは何もないと言われ「よかった」と喜んでいたのに、そこから何日もたたないうちに消化器内科に行って、「余命わずか」と言われるなんて。思わず先生に「そんな、うそでしょう」と。

しかし、どうやらそれはうそではないことがわかりました。小夜子をむしばんでいたのは、スキルス胃がん。がん細胞が胃の粘膜全体に浸潤するため画像には映らず、疑いをもって検査しないとわからないものだったのです。スキルス胃がんは、見逃されることが多く、あっと言う間に進行するがんだというのです。医師は最後までそのことを本人には言いませんでした。しかし僕にははっきり言いました。「いつ死んでもおかしくない」と。

見た目が元気だったので、そこまで悪くなっているとは信じられませんでした。本人もまったくそういうつもりがなかったでしょう。「先生の話、どうだった?」と聞くあなたに何と答えたか。

「大丈夫だよ。ただ少し長く入院するようだから、シャンプーを買ってくるよ」ということばだったような気がします。

いつ死んでもおかしくない

迷った挙句、僕は小夜子にがんだということは伝えましたが、「どのくらい生きられるか」については言いませんでした。いや、言えませんでした。

あなたもまた、がんだということを信じたくなかったのでしょう。「セカンドオピニオンで本当にがんなのか、ほかの先生に聞いてきてほしい」とお願いしてきましたね。しかし、セカンドオピニオンで聞いても、結局答えは同じでした。

また、東京女子医大に勤める30代の女医さんががんを経験し、克服したと小夜子は聞いたようです。あなたはその先生に「何とか先生と同じぐらい回復して、元に戻れますか？」と真剣にたずねていましたね。

おそらく先生は何もかもわかっていたのでしょうが、「私ほどではなくても、よくなるかもしれませんよ」と伝えてくれました。そのことばがあなたを勇気づけたかわかりません。だけど、なんとか頑張って治療しようとしていました。そのそばにいる、本当のことを言えない僕。だけど小夜子、これでよかったよね。これ以上傷つけるようなことはもう言えなかったんだよ。

「なぜ小夜子が」自問自答し続ける日々

2020年に小夜子が助からないがんだとわかってから、僕は残された時間を小夜子に使おうと決心し、仕事を休みそばに居続けました。昼間、病院にいるときは小夜子のお世話をし、夜ひとりで自宅に帰ってくると「どうして小夜子がこうなってしまったんだろう」「なぜ小夜子ががんにならなきゃいけないんだろう」と、答えのない問いをずっと考え続けていました。僕には何も医学知識がないものだから、わらにもすがる思いでいろいろな医師のもとに出かけて行っては、スキルス胃がんになってしまった原因を探ろうとしました。

しかし、わかったのは現代の医学ではスキルス胃がんの発見も、原因をつきとめるのも難しいこと。同じことを言われる毎日で、僕は心身ともに参ってしまいました。「もう誰も頼れない。それなら、自分が医者になろう」と思ったこともありました。それくらい、こうなってしまったわけをつきとめたかったのです。もしあなたにそんなことを言ったら「医者になるつもりなの?」ってびっくりしたかもしれないね。

僕の人生の中で、これほど自問自答した日々はありませんでした。正確に言えば今もなお、「なぜこうなってしまったのか？」と問い続けています。それを知ったところであなたが生き返るわけでもないけれど……ただただ、悔しいのです。

あなたのいいところを送るね

積極的な治療もできないまま、月日は流れていきました。そんな入院生活の中、僕たちは昼も夜もＬＩＮＥを送りあっていましたね。あなたからの連絡が僕はなにより楽しみでした。

ある日のこと。小夜子は「あなたのいいところリスト」というタイトルで僕のいいところを次々に送ってくれました。

「誠実、正直、仕事熱心、動物に対する愛情、不器用、身体が丈夫、頭がいい、優しい、誕生日にケーキを送ってくれる……」

僕はあまりに突然のことで、「いったいどうしたの？」という気持ちと嬉しさとがごちゃまぜになって、つい、大したことのない内容を返信してしまいました。小夜子、あのときはきちんと返事できていなくてごめん。今から、あなたのいいところを送ろうと思います。

「まわりの人を気遣ってくれた、動物が好き、カーリーをかわいがってくれた、とらの面倒を見てくれた、みんなに好かれていた、頼りがいがあった、僕の世話をしてくれた、仕事を手伝ってくれた……」

やっぱりいいところは伝えきれません。この続きは今度、会えたときに。

診療訪問で始まった、在宅生活

２０２０年の秋に小夜子のがんがわかり、11月には自宅療養に切り替わりました。僕だけで小夜子の看病するのは難しかったため、訪問診療に来てもらうことに。病院を退院するときに会議を行い、ヘルパーや訪問看護師などが集まり「どういうスケジュールでやるか」について打ち合わせをしましたね。

そこで決まったのは、訪問看護は医師と看護師の２人体制で、何かあったときには電話をすればすぐ訪問してくれる、というもの。さらには朝にヘルパーの人が来て、身体を洗うなど身の回りの世話もお願いできることになりました。

訪問診療は毎日来るという決まりではありませんでしたが、実際には毎日訪問してもらうことになったのです。それも小夜子が「痛い痛い」と常に苦しがっていたから。がんの痛みは想像を絶すると言います。小夜子もまた、常に痛みと戦っていました。痛みを和らげるために、モルヒネを処方されていましたが、通常の量では効かず増量したこともあったのです。そうすると必ずあなたは「勝手に増量しないで」といって怒っていましたね。モルヒネ中毒になるのを恐れていたのでしょうが、僕はそんなときも気丈にふるまうあなたを見て、なにかいたたまれない気持ちになったのです。

みるみるあなたは弱っていきました。寝たきりで全然動けなかったので、足がむくんでしまうようになりました。そこで、血液の循環のため、足を揉んだり、立てたり、伸ばしたりする必要があったのですが、僕はなかなかうまくできませんでした。訪問診療の看護師さんがオイルを塗ってマッサージの見本を見せてくれましたが、それでもうまくできず、妹に頼んだこともありました。

忘れもしない、2020年のクリスマス。そんな状態でしたが、クリスマスを楽しみにしていたので、僕は100円均一ショップで買ったサンタクロースの靴をプレゼントしました。これまであげたものの中で一番小さかったかもしれません。だけどあなたは「かわいいのをありがとう」と言って喜んでくれましたね。僕はその様子を見ながら本当は、ワーーっと泣いてしまいたかったのです。

神様、小夜子が何かしましたか。こんなに素敵な小夜子がどうして病気にならなければいけないのですか。神様を信じていない僕。このときだけは神様にもすがりたくなってしまったのです……。

「心配するからお母さんにはまだ話さないで」

自宅療養になったばかりのころ、あなたは体調も安定していて「悪くなんてならないわ、大丈夫よ」と言っていましたね。心配をかけまいと、入院中から気丈に振る舞っていました。「お母さんにはまだ病気のこと、話さないで」と事あるごとに僕に念押しもしていましたね。自分がつらいときもお母さんのことを気遣う。本当にあなたは思いやりのかたまりのような人でした。

自宅療養でほとんど歩けない状態であっても、家族や友人に電話するときも普通に明るい声で話していたので、相手も「心配なさそう、すぐよくなるね」と思っていたことでしょう。

12月に入り、急に病状が悪化した小夜子。「本当に死んでしまうかもしれないんだ」という気持ちでいっぱいになり、僕は心の持っていき場がなくなってしまいました。小夜子が死んでしまう、心の準備ができていなかったのです。

「お母さんだけには心配をかけたくない」と最後の最後まで思っていた、優しい小夜子。その頑張り屋なところを僕は間近で見てきました。

改めて今、思います。「本当にいい奥さんをもらったな」と。

地域猫のお世話で、あなたにできなかったことを

　小夜子の看病をしている間、心のよりどころになったものがありました。それは、近所に住む地域猫たちのお世話です。小夜子の看病中も、1日も欠かさずに餌やりをしました。

　朝5時過ぎ、日の出と共に餌をあげるのが僕の担当。昼間と夜は別の人が担当していました。夜明けから朝、あなたはとても苦しんでいたのでそれに付き添い、少し安定したころ「猫に餌をあげてくるね」と出かけていきました。あなたも猫のことを気遣っていて、「餌やりにいかなくていいの?」「猫ちゃんたち、どうだった?」と話すときもありましたね。

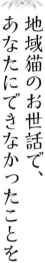

毎朝餌をねだりにやってくる猫たち。猫は思い思いに餌を食べ、またどこかへ出かけていきます。僕は猫に餌をやりながら、どこか「小夜子の分まで元気でいてよ」といった気持ちを抱いていました。自宅療養が始まり、小夜子が苦しむのを間近で見ているのに、僕ができることといったら、そばにいるか、手を握ってやることくらい。小夜子はこの猫たちのようにもう、出かけていくことはない……。そんな複雑な思いを抱えながら僕は毎朝猫たちに餌をあげていたのです。

会社を休んで看病し続けた、かけがえのない4カ月

2020年秋から小夜子の看病を続けていた僕は、仕事どころではありませんでした。しかし、どうしても社員の給料の計算と年末調整だけはやらざるを得ませんでした。そんな僕を見てあなたは「何しているの？」と少しだけ嫌そうでしたね。僕は最後まで本当のことを伝えなかったけれど、体力がガクッと落ちてきたころ、「もしかして私このまま死ぬのかな……」とあなたはどこかで感じていたのでしょう。

「あとどのくらい生きられるのかな」と口にするようになりましたね。僕はそれにどう答えればいいのか、本当に悩みました。きっと、心細かったでしょう。心残りもいっぱいあったでしょう。小夜子、それは僕も

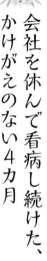

同じです。「もう少し生きたかったなぁ」そうつぶやいたあなたの声が今も忘れられません。

だけど最近、僕はこうも思うんです。がんがわかったとき、仕事を休んで必死に看病してよかった、と。あなたと過ごした最後の４カ月は、たしかに悲しくてつらくて、そういう負の感情から離れがたい時間だったけれど、心から愛する人を独り占めできた時間でもあったのだなと。

連れ添ってくれたあなたをひとりで逝かせてしまってごめんね。形はなくなってしまったけど、心は今も僕の中に生きています。いつも、一緒です。

友人たちから届いた手紙と、お守り

小夜子の元には、多くの手紙やお花、お守りが届くようになりました。

小夜子が勤めていた会社の先輩から、「回復をお祈りしてます」と言われたこともありましたね。自宅療養になってからもそれは変わらず、よくお花が送られてきていましたね。寝室には置ききれず、玄関の下駄箱の上にどんどんお花が増えていくことに。あなたはよくベッドから玄関に飾られているお花を見ては、「あ〜きれいね」と言っていましたね。

「早く元気になってね」という気持ちがありがたかった半面、僕は自宅療養になってから、ヘルパーの人とケンカをする機会が増えていったように思います。

気の入っていない介護をされたように感じてしまい、「そんなふうに

お見舞いのお花

するなら、もう来なくていい」と言ってしまったこともあります。今振り返ればそこまで言わなくても……と思いますが、あのころは、完全に気持ちの持っていき場がなく、八つ当たりをしていました。そんな様子を見てもあなたは、何も言いませんでしたね。きっと、僕の気持ちがわかっていたのでしょう。

ひっそりと、お守りやお花を眺めていたのを思い出します。

夜明けを待ちわびて

自宅療養中、一番しんどかったのが夜中から朝にかけてでした。というのも、小夜子は夜中に一番苦しがるからです。う〜んとうなるあなたを見ても僕は何もできない……そんな無力感にいつも打ちのめされていました。

ある日のこと、あなたがベッドの脇をぽんぽんと叩くので「どうしたの？」と聞くと「鼻にチューブを入れるのをやめて」と言うのです。胃にたまった液体を吸い上げるために鼻からチューブを入れていましたが、角が鼻に当たり痛いのもあったのでしょう。気がついてみると、小夜子は自分でチューブを外していました。僕は先生に痛みの少ないチューブにならないか、と何度もかけあったけどダメでした。

そうそう、夜、「甘いものが食べたい」というのでおしるこをあげたこともありましたね。そのときはもう飲み込みができなくなっていたので、少ししか食べることができなかった。あんなに食べるのが好きだったのに……。

あのときほど、夜明けを待ちわびたことはありません。早く朝になって小夜子が少し落ち着きますように。夜はそんな願いとともに過ぎていったのです。

「死んだらごめんね」

それは亡くなる1週間前のこと。あなたはかなり弱っていて、意識も朦朧としている中、「折り紙でツルを折りたい」と僕に伝えましたね。小夜子のお母さんが入院しているときに小さい折り紙でツルを折ったことがあり、それを思い出したのでしょう。

「折り紙を買ってきて」と言うので、言われるがまま買ってきたものの、あなたはとうとう折り紙が入っている袋を開けることすらできませんでした。その様子を見てことばを失っている僕に、「死んだらごめんね」とつぶやいたのです。そのことばの中には「もっと生きたかったのに、先に逝ってしまってごめんね」「あなたを残していってごめんね」というというろいろな思いが交錯しているように感じました。

こんなときでも、自分のことではなく、悲しむであろう僕のことを気遣ってくれる小夜子。「僕のほうこそ何もしてあげられなくてごめん……」そんな無念さが僕の心に広がっていきました。徐々に話すこともできなくなり、僕たちは紙とペンの筆談で会話をしていったのです。

あなたからは「ここが痛い」「○○をして」ということもあれば、「ありがとう」と書いてもらうこともありましたね。筆談を通してでも僕たちはずっと話していたかった。最期まで本当に会話の絶えない夫婦だったのだと今さらながら、思います。

最後の最後まで、助かる方法を探し続けた

病気の告知を受けてから、4カ月。「うそだろ？」と思うくらい急激に症状は悪化していきました。あなたがまだ入院していたときは「シャンプーを忘れたから持ってきてくれる？」と僕に言って、自分でお風呂に入れるぐらい元気だったのに。まさか、こんなに早く死が訪れるなんて、本当に予想もしていなかったのです。

「医者はそう言うけれど、こんなに元気なんだからすぐに死ぬなんてないよな」「いや、だけど医者は多くの患者さんを診てきているから、本当なのか……」僕はいつもそんな迷いの中にいて、結果的に医者が言う通りになってしまいました。僕にとっては、ある日急に小夜子が交通事

故にあって、即死してしまった感覚に近かったのです。

そんなあっと言う間の時を過ごしていましたが、僕たちは最後の最後まで助かる道を探し続けていました。西洋医学だけではなく、「がんにいい」と評判だった温熱療法なども考えていたものの、あなたの体は治療を行えるだけの体力はもうなかったのです。

もし、あのとき違う病院で検査をしていたら？

もし、入院したときに違う治療方法を試していたら？

僕は今でも「もし、こうしていたら」を考えてしまうときがあります。だけどいくら考えてもあなたは帰ってきません。あなたの死をゆっくりと受け入れるほかないのです。

小夜子によくしてくれた、薬剤師さん

小夜子が在宅治療になってから、気持ちが前向きになることもありました。それは、緩和ケアグループリーダーの薬剤師さんの存在のおかげです。

その薬剤師さんは、いつも小夜子を元気づけてくれました。かかりつけの薬局の薬剤師さんとは違い、とても配慮のある方でした。あなたはその薬剤師さんを気に入っていて、会えるのを楽しみにしていたと思います。

僕は、そんなあなたを見ながら「少しでも気持ちが楽になってほしい」と思っていました。ほとんど動くことができず、食べることも飲むこともできない生活は、僕が予想するよりはるかにしんどいものだった

でしょう。僕がもし、同じ立場になったらもっと周囲にあたったり、あるいは自分の殻に引きこもったりしたかもしれません。とてもあなたのように前向きに過ごせてはいなかったでしょう。

頑張り屋だった小夜子。僕はあなたを本当に尊敬しています。

モルヒネを打つ、葛藤

小夜子には「モルヒネを勝手に打たないでくれ」と言われていました。しかし本人が痛がっているのを見てしまったら、とても定量だけでよいとは思えませんでした。そこで仕方なく小夜子の見えないところで僕がモルヒネをプッシュすると、「何をやっているの？」と気づかれることもありました。

あなたは「モルヒネを多く打つと中毒になる」と心配していましたが、それは病気が治った後の話。僕はすでに「完治は難しい」と感じていたので、それよりも「何とか痛みをなくしてやりたい」と思っていたのです。


「絶対治る」と思っていた小夜子と、「もう治らない」と覚悟した僕。あなたと僕には病気に関して大きな相違があったので、モルヒネに関してはとくに言い合いになることもありました。小夜子、本当のことを言えなくてごめんね。「こんなにモルヒネを打って大丈夫？」とさぞ心配だったことでしょう。だけど、僕は嫌がられても、痛みをとるためには何でもしてあげたかったんだ……。

今はきっと、痛みも不快もないところで暮らしているでしょう。僕にとってはそれがなによりの救いです。小夜子、ゆっくり過ごしていてくださいね。

死ぬなんて、思っていなかった

「小夜子が死ぬ」

僕だけではありません。小夜子のお母さんも、小夜子の姉も、親戚も、友人もみんなそんなことは思っていなかったことでしょう。だって、数カ月前の白川郷のときは、元気にお酒もご飯も楽しんでいましたし、日常生活で苦しむ様子もまったくなかったのですから。

告知を受けたとき、スキルス胃がんは急激に悪くなるもので、がんの明確な原因はわからない。ほとんど自覚症状はなくがんは進行する、と説明を受けました。さらには、がんとわかった時点で、すでに内臓に転移していて、助からない状態である、ということも……。しかし、そう考えてみると、病気がわかるギリギリまで普通の暮らしをできていたのが、今となっては不思議に思えてしまいます。「胃が痛い」とあなたから聞いてはいましたが、それがまさか末期のがんだったなんて……。

僕は未だに信じられない気持ちでいっぱいになるときがあります。

確かに最後の４カ月間は本当に厳しいものでした。でも、亡くなる少し前まで好きな旅行をして、好きなビールを飲んで、美味しいものを食べて、真向法体操をして……もしかしたらあなたは自由に人生を生き切ったのではないかなと。そして僕は、４カ月間、つらかったけどずっと一緒にいることができて、あなたを独り占めすることができて、実は幸せ者だったんじゃないかなと。

そんな風にあなたに語りかけると、にっこり笑顔で返してくれるような気がします。あの、僕が大好きだったとびきりの笑顔で。

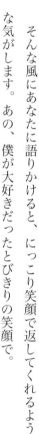

小さい声で「もう少し生きたかったなぁ」

あれは、僕があなたの歯磨きの準備をしているときだったでしょうか。ふと「もう少し生きたかったなぁ」と小さい声で誰に聞かせるともなくつぶやいたのです。僕は思わず歯磨きの準備の手が止まってしまい、目をつぶってしまいました。僕は「そうだね」とも「大丈夫だよ、そんなことないよ、きっとよくなるよ」ともなにも返事はできませんでした。きっと、あなたは自分の死を予感して僕にそう言ったのでしょう。僕にも、そして自分にも言い聞かせるように……。

当時の僕は、看病のことで頭がいっぱいで泣く余裕も、ましてやあなたの質問に上手に返せることばも持ち合わせていませんでした。本当に涙が出てきたのは亡くなった後。

「小夜子がいない」という喪失感に打ちのめされてしまい、1日中涙が止まらない……なんて日もありました。あなたにそんなことを言うとびっくりするかもしれないね。だけど改めて、あなたの存在の大きさに、そしていなくなったことの大きな穴に気づかされることになったのです。

戒名によい名前をいただいて

年の瀬も押し迫った２０２０年12月31日。小夜子は意識不明になってしまいました。亡くなる直前の様子がどんなものなのか、僕は病院から渡されたパンフレットで予備知識があったので、「もう数時間で亡くなるのかな……」と感じていたのです。

そうして年が明けた1月1日。眠るように小夜子は亡くなりました。僕はちょうどそのとき精神的にも体力的にも限界にきており、夜間の看護師さんを頼み仮眠をとっていました。この時間に仮眠をとったのは、初めてでした。昨日まで休まず小夜子の手を握って励ましていたのに……。亡くなるときに手を握っていられなかったことが、今でも残念でなりません。

「信じられない」という気持ちと「これで小夜子は苦しまずに済む」という気持ち、そして悲しみ、つらさといったさまざまな感情が僕を飲み込んでいこうとしていました。

しかし、現実は容赦なく進んでいきます。亡くなってすぐ葬儀屋さんが来て、早速葬儀の段取りを進めていきました。「少し気持ちの整理をさせてくれ」という思いを口にすることはとうとうできませんでした。小夜子も僕もまさか、こんなふうに亡くなるとは思っていなかったので、お葬式については生前何の話し合いもしていませんでした。僕の実家のお墓参りに何度か行ったことはありましたが、まさかあなたが先にそこに入るなんて全く思っていなかったよ。

葬儀は、ちょうどコロナが流行っていたこともあって、僕と小夜子の姉夫婦とその子どもたちと僕のいとこの計6人で行いました。お坊さんから「清室美照信女（セイシツミショウシンニョ）」という素敵な戒名をいただきました。小夜子という字の「小」や「夜」は戒名に入れることができないので、その代わり「美しく照らす」という意味を持った「美しい」「照」を選んでもらいました。

今、小夜子は僕の実家のお墓で眠っています。

悲しみのどん底で

小夜子が亡くなった後「少しゆっくりしたい……」と思ったものの、葬儀のこと、その後の四十九日のこと、お墓のことやさまざまな種類の手続きが次から次へとありました。人がひとりいなくなる、ということはこんなにも手続きがあるんだと驚きながらも、関係者から飛んでくる質問は、自分にとっては拷問のようで本当につらいものでした。

そんな中でも僕は、毎日お供えの水を取り換え、お位牌にお線香をあげて手を合わせています。お花も弱ってくれば取り換えるというルーティンができました。悲しみのどん底にいた僕は「やることがある」というこのルーティンに救われていたように思います。

月命日の一日には毎月僕の父親のお墓があるお寺にお墓参りにいっています。一日に行くと、3年たった今でも、まだみずみずしいお花が飾られていることがあったりして、気持ちが少し和むのです。

小夜子、僕の妹や叔母、また小夜子の姉やいとこたちがお墓参りに来てくれているんだよ。ありがたいよね。きっとみんなといろいろなおしゃべりをしていることでしょう。

「順番的に、僕のほうが先に逝くはずじゃなかったの？」

そうそう、あなたは事あるごとに「年を取ったら田舎に住もう」なんて言っていましたね。僕はそれを冗談なのかなと思って、「田舎は嫌だよ～」なんて軽く返していました。僕も小夜子もまだまだ元気で、老後のことなんて考えられなかったし、口には出さなかったけどきっと僕のほうが先に逝くと思っていたから、あなたの発言も本気にしてはいなかったのです。

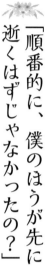

「こんなに早く逝ってしまうなんて……」と僕たち夫婦によくしてくれたあなたの叔母さんは今でもよく嘆いています。

僕は、というと。今でも街中で仲の良さそうな高齢の夫婦を見るたび、

「うらやましいな」なんて思ってしまいます。まだあんなふうに仲良く暮らしていくはずだったのに。運命なんて、わからないものです。でもきっとあなたが一番「こんなはずじゃなかったのに」と思っていることでしょう。

あなたがいなくなって間もなく3年が経とうとしています。きっとこの悲しみは死ぬまで癒えることはないけれど、あなたが生きたかった分まで、精いっぱい生きてみようと思っています。

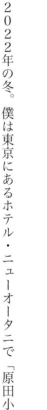

感謝の会は自分のため？

2022年の冬。僕は東京にあるホテル・ニューオータニで「原田小夜子感謝の会」を開催しました。ホテル・ニューオータニは小夜子が気に入っていたホテルのひとつ。その思い出あるホテルで、生前、小夜子と付き合いのあった恩師・友人・知人、そして家族を招待したのです。会場は100人ぐらい入るような大広間でしたが、コロナ禍でもあり、実際に参加を表明してくれたのは30人ほど。そのうち親戚は2人でした。

「小夜子の家族は感謝の会を開くのに賛成してくれないんだろうか……」「感謝の会は単なる自己満足なんだろうか……」と当日まで悩みましたが、いざ感謝の会を開いてみると、小夜子がお世話になっていた人と思い出を語ることができ、本当によい会になりました。

会にあたり、僕は誰にも挨拶をお願いしていませんでしたが、真向法体操の元会長、佐藤良彦さんが挨拶をしてくださり、大いに盛り上がったものです。きっとあなたもあの場にいて、ビールを飲んでいたに違いありません。

思い出話に花が咲きました。楽しかったのですが、小夜子の友人からもらった大学時代の写真にハンサムな男性が写っていて、ショックを受けました。僕たちは結婚していて、しかもその写真はもう数十年前のことなのに、嫉妬心が芽生えるなんて。

たかが写真1枚に僕の目はくぎづけになり、ほかの話が聞こえてこなかったくらいです。あなたは呆れて笑うかもしれないけどね。

予定していた人数より参加者は少ないものでしたが、感謝の会は、小夜子を失った僕の心に栄養を与えてくれました。参加してくださった皆さんには、本当に感謝しています。

朝から酔っぱらう毎日

僕は小夜子が亡くなったショックで仕事が全くできなくなってしまいました。恥ずかしい話ですが、仕事だけでなく正確には生活も思うようにできなくなってしまったのです。朝起きるとあなたがいないことに打ちのめされそうになり、それを紛らわすために朝からお酒を飲む日々が3カ月続きました。

「もうどうなってもいい」

「ひとりになってしまった。どうしよう」

「すぐ小夜子のそばにいくか」「小夜子の分まで生きるのか」といった思いが頭の中を駆け巡るものの、僕にはこの先どうやって生きていったらいいか、全然わかりませんでした。だからでしょう。当時の僕は、周りの人からの声を悪いふうに受け取ってしまっていたのです。

「小夜子の代わりに長生きしてくれ」なんて心にもないことを言いやがって。こんなにつらいのは世界で僕だけなのに……。当時は周りに当たり散らしたり、誰とも会わなかったりと精神的に不安定な日々が続きました。


しかし、昔の人が言う〝時間薬〟というのは本当なのですね。3カ月を過ぎたあたりから、これではいけない、「本当に周りは自分のことを心配してくれている」と冷静に考えられるようになりました。「冷静に現実を見つめる」ことで、小夜子がいない日常に慣れるのが怖かったのです。

だけど、こうして時が経っていくうちに気づいてきました。そうやって日常に慣れていくのは決して、小夜子を忘れることではないのだと。むしろ、「ありがとう」という感謝と愛情は深くなっていくのです。そしてその愛情が、今日も僕を生かし続けてくれています。

一度はやめようと思っていた会社経営を、再開

「もう会社をたたんでしまおう」と思った時期もありましたが、徐々に「やっぱり生きていくためにはお金は必要なんだな」と気づかされました。会社を再開したのは、生活のためということもありますが、「小夜子がいなくなった寂しさを紛らわせたい」という気持ちもありました。

家にいて、小夜子のことばかり考えていると、やはり自分を責めたり気持ちがふさぎ込んだりしてしまう回数が多くなってしまうのです。きっとこんなボロボロな姿をあなたも見たくはないでしょう。

僕は、２０２１年夏ごろから改めて仕事に復帰しました。なにしろ小夜子の闘病中、仕事を放り出して一時はやめてしまおうと思った人間です。社員からもよい顔をされないんじゃないか……と思いましたが、杞憂に終わりました。つくづく周りの人に感謝です。

仕事を始めてから、思わぬ発見もありました。友人や知人、社長の集まりの飲み会などに参加すると、意外と伴侶を亡くした、家族を亡くしたという悲しみを背負って仕事をしている人が多くいたのです。年齢的なこともあるのかもしれませんが、「悲しいのは僕だけではないんだ」と感じることもできました。

僕は今、家族や親戚、仕事仲間、そして司法試験の先生（１５６ページ参照）などさまざまなところでつながりをもっています。そうしたつながりが途切れない限り、孤独を感じないで何とか生きていけるような気がします。

小夜子、僕はこれから先何年生きるかわかりませんが、あなたが命を精いっぱい生きたように僕もまた、精いっぱい命を燃やして生きていきます。いつかあなたに会えたとき、たくさんの思い出話ができるように。だからそっちから僕のことを見守っていてください。

生まれて初めて、自炊生活をスタート

2021年1月1日に小夜子が亡くなってから半年ほどは、僕はまるで〝生きる屍〟と化していました。何もしたくない。全然眠れない。食べることすらしたくなかったので、ぼっこりと出ていたお腹はみるみる

凹んでいきました。無気力状態が続き、仕事にも行けない状態でした。「きっと、小夜子がこんな姿を見たらびっくりして、〝何やってるの！〟と叱られそうだな」と思っても、体は言うことを聞いてくれません。重たい体を引きずりながらその頃の僕は、あり得るはずもないのですが、「小夜子は戻ってくるかもしれない」などと考えてしまうのでした。あなたが死んだことにまるで実感が湧かず、死を受け入れられなかったのですね。

しかし、季節が変わり「ああ、小夜子はもう本当にいないんだな」と次第に思えるようになりました。移りゆく周りの景色を目で、鼻で、耳で、肌で感じました。小夜子がいないことを頭ではなく、体全体で理解できたことで少し吹っ切れたのかもしれません。

それから僕は浴びるほど飲んでいたお酒を飲むのをやめ、自炊してみることにしたのです。といってもまずは炊飯器でご飯を炊くことだけ。

小夜子が病気で臥せっているときにもやっていたことだったので、それほどストレスにも感じませんでした。

僕と小夜子の茶碗に炊き立てのご飯をよそい、久しぶりに食べた白米は、甘くて少ししょっぱい涙の味がしました。このときのことは、忘れることができません。きっとあなたは、そんな僕の姿を見てさぞホッとしたことでしょう。

お花の名前をよく覚えるように

小夜子、あなたはとにかくお花が好きでしたね。いつだったか、一緒に見に行った福島の三春滝桜は本当に荘厳で、僕もよく覚えています。

あなたはそれだけではなく、道端に咲く野の花や、海外で見る珍しい植物などにも興味がありましたね。入院中や自宅療養中も花瓶に飾られたお花をよく眺めていたのを思い出します。

それに比べて僕はと言えば、お花や植物に全然興味がなかったので、何度言われてもお花の名前を覚えられませんでした。

そうそう、会社の観葉植物に水をあげ忘れて怒られたこともありましたね。だけど今、あなたのお仏壇へお供え用のお花を買うようになってから、僕はずいぶんお花の名前を覚えました。ユリや菊だけではちょっと寂しいから、ピンクや赤のカーネーションを供えることもあります。

まさか、僕がお花の名前を覚えるようになるなんて、あなたはきっとびっくりするでしょう。

今日もきっと、あなたが見てくれていると思いながら、お花の水を取り換えます。

手つかずの引き出し、まだ開けられない

あなたが亡くなってから3年が経とうするのに、僕は洋服や小物が入っている引き出しを未だに開けられずにいます。あなたが好んで着ていた洋服、お気に入りだったバッグやアクセサリーの数々……。もちろん、いい思い出もたくさんあります。なつかしさがこみあげてきます。だけど、僕はまだそれを開けて整理することができません。

きっと、きちんと整理できる人もいるのでしょう。思い出は思い出として、きちんと懐かしむことができるのでしょう。だけど僕は、まだ最期の姿が思い出されてしまうのです。あなたがいない辛さにまた真正面

から向き合わなくてはいけない。

僕が人生を終えるときに引き出しを開けられるでしょうか。いつか、思い出とともに懐かしむことができるでしょうか。なんとも複雑な気持ちです。

総合防犯設備士に挑戦！　登録に至るまで

小夜子ががんになる3年前のこと、僕は「防犯設備士」という試験を受けました。防犯設備士とは、建物に設置する防犯設備についての知識を得て、強盗や空き巣といった犯罪から建物を守るための資格です。あなたは僕に付き合って早起きし、一緒に勉強してくれましたね。その甲斐あって資格試験に合格。あなたも一緒に喜んでくれましたね。それから、仕事や看病で時間が過ぎていき、防犯設備士のことはすっかり忘れていました。

再び、防犯設備士へ意識が向いたのは、あなたが亡くなった後、ちょうど、防犯設備士資格の更新案内が来たときです。送られてきた案内を見ると、総合防犯設備士の上位資格である「総合防犯設備士」があるというではありませんか。しかも、合格率は数パーセントという難関資格。僕は難しければ難しいものほど、意欲が湧くタイプなので、「それならやってみようかな」と思ったのです。それから僕は問題集を買い、必死で勉強しました。あなたが亡くなって無気力になっていましたが、何かに没頭するというのは悲しみやつらさを遠ざけてくれるものだと知りました。

一所懸命勉強したのがよかったのでしょう。勉強期間3カ月で合格することができました。あまり知られていないマイナーな資格ではありますが、この合格が司法試験を受けるきっかけとなったのです。

日本最高齢の司法試験合格者と名前が付くまで、頑張る

総合防犯設備士の資格を取得してから、僕の勉強魂に火が付いたのかもしれません。「医師の国家資格をとろう」と思っていましたが、医師は大学に通うだけで6年、その後研修医となっても一人前になるには10年はかかるかもしれないと考え、「それなら司法試験を受験しよう」と考えたのです。

そこで僕はまず、司法試験の問題解説をしているYouTubeチャンネルで勉強を始めました。なじみのない法律の専門用語を覚えたり、契約関係の解釈をしたりするのはとても面白く、手ごたえを感じるものでした。と同時に、講師の先生にとても共感を覚えたのです。先生は「無理して勉強しない」「暗記しなくても合格すればいい」というとにかく合格に特化した考えをお持ちでした。

その講師の先生を通じて、僕は成川豊彦先生という熱血予備校講師に出会う機会にも恵まれました。今では成川先生には司法試験のことだけではなく、仕事や身の回りのことを話す仲にまでなりました。

「司法試験を受けよう」と決めて行動したことが、人との出会いにもつながる。僕は、そうやって少しずつ立ち直っていっています。

小夜子、いつかあなたの墓前に合格したことを報告するからね。「日本最高齢の司法試験合格者」と名前が付くまで、頑張るつもりです。

地域猫の保護活動を〝のら猫社長〟として続けたい

僕は地域猫の保護活動を続けています。また、地域猫の避妊や去勢に寄付もしています。

1日1日を必死に生きる地域猫たちを見ていると、愛情が湧いてきて、「今日はどうしてるかな」「元気にしてるかな」と思うものです。今でも朝の餌やりは欠かしません。最近は、地域猫たちを見ていると、「自分も頑張ろう」と逆に勇気をもらっています。

小夜子、地域猫たちも元気でやっています。これからも〝のら猫社長〟として、猫たちを見守っていくからね。

健康でいることが今後の僕の役目

小夜子、最近僕は、急に健康に気を遣うようになりました。80代、90代になるまで元気で暮らすためには、体が健康でないといけませんよね。だから、真向法体操を再開しました。久しぶりに体を動かしたらうーんと体全体が伸びる気がして気持ちよかったよ。

それだけではないんです。実は今、電動自転車に乗って会社に行ってるんですよ。あなたは「それ、誰のこと？」と驚くかもしれないね。アルバイトの女の子からは「社長すごいですね」なんて言われるけれど、今後は機会を見て会社まで歩いていこうと目論んでいます。

ほかにもバランスのよい食事をしたり、よく噛んで食べたりと食事も気をつけるようになりました。あなたにもよく「早食いしないで、よく噛んで食べたほうがいいわよ」なんて忠告されていましたよね。今さらですがあのときのことばを今、僕は体現しています。横にあなたがいないのはとても寂しいけれど、最後まで僕らしく過ごしていこうと思っています。

日常は、当たり前ではないことを教えてくれた

朝起きて、歯を磨く。そして地域猫たちに餌やりをした後、ゆっくり

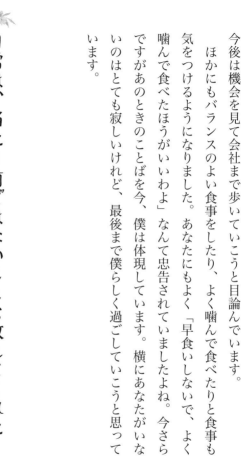

と朝ご飯を食べる。その後仕事に出かけ、夜は帰ってきて夕飯を食べる。歩いて近所のスーパーに出かける。友人と飲みにいく……。こんな何でもない暮らしが、本当は幸せなことなんだと、僕は最近改めて思うようになりました。さらに、あなたが多くの幸せを与えてくれていたことに気づき、そのことにも感謝するようになりました。

今は朝、起きて「おはよう」と呼びかけても誰も返事をしてくれない。「ただいま」といっても応えてくれる声はない……。いつもあなたがいるのが当たり前だったけど、実はすべてかけがえのない日々だったんだね。あなたがいなくなってから、とくに夜が長く感じられるようになりました。そんなとき僕は、あなたが好きだったテレサ・テンの歌をずっと聞いています。カラオケでよく歌っていた『時の流れに身をまかせ』など、いろんな曲を流していると、歌詞にじーんとして聞き入っちゃうときもあります。

あなたがいたときとは違う日常を送っているけれど、なんとか生活している今の僕を見て、少しは安心してくれるかな。

ようやく友人と外食ができるように

小夜子が亡くなってから何もできなかったけれど、ようやく中学、高校、大学も一緒だった友人との月1回の飲み会に顔を出せるようになりました。ちょっと変わっているけれど、面白くて付き合いやすい同級生たちの集まりは、毎回とても盛り上がります。

ただ、飲み会に行き始めた最初のころは心が騒いでしまうときもありました。飲み会のときはとても面白いけれど、帰ってきてから反動で寂しくなってしまい、「もう行くのよそうかな……」と思ったり、そもそも参加するのに気が進まなかったりするときもありました。それでも行けばとても楽しい。

まるで振り子のように、「楽しい」と「つらい」を行ったり来たりする揺れる心を抱えていましたが、周りの人たちが話を聞いてくれたおかげで、徐々に楽しい時間を過ごせるようになりました。同級生たちを見ていると、大なり小なりみんな問題を抱えて生きています。

「みんないろいろあるけれど、頑張って生きている」仲間たちだと感じ、もう少し生きてみよう、そう思えるのです。

周りの人が僕を心配して、支えてくれた

小夜子が病気になってから、仕事関係の人にも、友人たちにもなかなか本当のことが言えませんでした。ストレスは相当溜まっていたはずなのに、小夜子が亡くなったときは、喪失感が激しく、周りにいろいろなことを話すパワーは僕には残っていませんでした。そうかと思えば「うるさいな、もうほっておいてくれ」「僕の気持ちなんかわかるはずがない」と周りに当たり、荒れていたときもありました。

周りの人からは僕がどう見えていたのでしょう。「ちょっとおかしくなっちゃったのかな」「あいつ大丈夫かよ」と思われていたのかもしれません。だけど、そんな僕を見捨てず、同級生や社長仲間たち、そして

昔から付き合いのある友人は声をかけ続けてくれました。それが、どんなにありがたいことか。大げさではなく、周りの人がいなかったら僕はもっと落ち込んでいたかもしれません。

家族はたしかにとても大切です。だけど、その大事な家族に何かあったとき、思いのたけを話せるのは友人や仲間なんだと改めて感じました。子どものいない僕だから、なおさらそう思ったのかもしれません。ときに人付き合いは煩わしいこともあります。だけど、僕はそれがいざというときのセーフティネットになりました。今後、仲間たちにつらいことがあったとき、今度は僕が仲間の支えになりたい。今はそう思っています。

たまには、夢に出てきてもいいのに

ふいに送られてくる、小夜子宛ての営業DM。宛名に「原田小夜子」と書かれた名前を見ると僕はつい、「小夜子が生きているみたいだな」と感じ、その場に立ち尽くしてしまいます。僕はあなたが亡くなってから、「どんな姿形でもいいから会いたい」とずっと願い続けています。ネットやSNSで「亡くなった人が夢に出てきた」なんて書き込みを見つけると、うらやましくなってしまうほどです。もうすぐ3年が経とうとしているのに、未だに夢の中で会ったことがありません。僕の眠りのせいなのかな。こんなに会いたいと思っているのに。

小夜子、きっとそちらの世界で楽しく過ごしていると思うけれど、たまには夢にも出てきてください。そして、一目笑顔を見られたら、こんなに嬉しいことはありません。今日も僕はあなたに会えるのを楽しみに、床につくことにします。

他人は、どんどんあなたを忘れていってしまう

僕はあなたが亡くなって3カ月たった頃から、小夜子の周りにいた友人・知人たちがどんどんあなたのことを忘れていってしまうように感じて、「なぜ小夜子のことを真剣に考えてくれないのだろう？」と怒りにも似た悲しみを抱いていました。「あんなに仲がよかったのに……小夜子がかわいそうだ」とさえ思っていたのです。こうした思いが自分自身をまた苦しめていました。

しかし、しばらく時が経ち、僕の思い込みは間違っていたことに気づきました。みんなそれぞれの生活があり、必死になって生きている。だから、いつも亡くなった人のことなんて考えられない。それは仕方のないことなんだ、と。そして「僕にとって小夜子は特別な人だけど、みんなにとってはそうではないかもしれない」と。ようやく折り合いをつけられるようになったのです。

「パートナーが死んでつらいこと」に共感はできても、まったく同じかたちで悲しむことはできない。それは、当たり前のこと。「みんなそれぞれに大事な人がいるんだ」とようやく気持ちを整理することができたのです。

もちろん、たとえほかの人があなたのことを忘れても、僕はいつまでも忘れることはありません。あなたは僕の心の中に永遠に生きているのですから。

来世でも、また一緒になれたら

小夜子、僕はあなたがいなくなった今、こんな想像をすることがあります。それは、「来世でもまた一緒になりたい」ということです。こんなこと言うと、あなたは笑うでしょうか？

だけど、僕は本気です。また来世でも同じように出会って、結婚して。そしていろんなところを旅行したいね。あなたがのぞめば仕事も一緒にやりたいけれど、今度は負担にならないよう、お願いする仕事はしぼるつもりだよ。そうそう、犬や猫を飼ってお世話もしなくちゃいけないね。どんなときも2人で、笑って過ごしたいと思っています。

僕は特別信仰している宗教もないけれど、そうやって勝手に想像するだけで不思議と心が明るくなります。小夜子によって空いた大きな穴は、やっぱり小夜子でしか埋まらないのかもしれない、と思うんだよ。でも、一緒になるかどうかは神様の前にあなたにも聞いてみなくてはいけないね。いい返事をもらえるように、僕は残りの今世をしっかり生きたいと思っています。

小夜子、本当に愛してるよ。

見えないだけで、小夜子はきっとそばにいる

自宅で過ごしたり、車に乗ったりしているとうまく言い表せませんが、「小夜子がいるな」と感じることがあります。なんとなく感じる、小夜子の気配。きっと意識は完全に天国に行ったわけではなく、自宅にも意識が残っているのだと僕は勝手に解釈しています。なにしろあなたは、自宅でゆっくり過ごすことが好きだったから、くつろぐこともあるんでしょう。

そう思えるようになったのも、あなたが亡くなって1年が経った頃から、「姿が見えないだけで小夜子はきっとそばにいるんだな」と思えるようになりました。見えないからって、「いない」わけでもないし、大

事な人であることはずっと変わらない。それを自分が認識していればそれでいい。他人から見たら無理やりな理論かもしれませんが、僕はそう思って今を生きているのです。

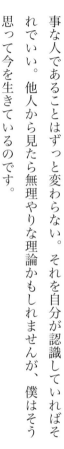

愛することを教えてくれた、小夜子

入院中、突然届いた〝あなたのいいところ〟をはじめ、僕はあなたが残してくれたＬＩＮＥのやりとりを今でも眺めては、元気をもらっています。

僕のひとめ惚れで始まった付き合い。最初から僕は、あなたに首ったけで精いっぱいの愛情を送り続けました。これだけ愛情をかける相手に出会えた。僕はなんて幸せ者なんでしょう。人を愛すれば愛するほど自分の心は豊かになり、その結果僕はあなたからも〝愛情〟というたくさんのプレゼントをもらいました。

その反面、愛情を注ぎ続けた相手が急にいなくなると、こんなにも不安定で絶望感が襲ってくるのだと知りました。でも小夜子、「こんなに苦しい気持ちになるのなら、愛情をかけなければよかった」とは決して思いません。何度も言うように自分の全身全霊をかけて愛し抜ける相手がいたこと、それがあなただったことにひたすら感謝しているのです。

もしもあなたと逢えずにいたら
私は何をしてたでしょうか
平凡だけど誰かを愛し
普通の暮らししてたでしょうか

あなたの好きなテレサ・テンの『時の流れに身をまかせ』の冒頭にこんな歌詞があります。僕はこの歌詞を「あなたと一緒にいられて幸せだった」という思いが込められているように聞こえます。小夜子、僕もあなたと一緒にいられて幸せでした。愛することを僕に教えてくれたあなたはかけがえのない人でした。本当にありがとう。

もう一度あの卵焼きを食べたい

僕たちは仕事もプライベートもずっと一緒に過ごすことが多い夫婦でした。朝・昼・晩3食一緒に食べるのは当たり前。夜はビールで晩酌するのが僕たちの日課でしたね。美味しいものを見つけてくるのが得意なあなたは、よく「この店に行ってみよう」「今度はここに行ってみよう」とよく僕を連れ出してくれましたね。焼き肉屋で待ち合わせしたとき「先に飲んでたよ〜」という快活さと、きっぷのよさが僕はとても好きでした。

その分、家ではあまり手の込んだ料理を食べることはありませんでしたね。サラダや簡単なおかずや麺類が中心。外食が多かったせいか、家では健康に気を遣って野菜中心の食事が多かったように思います。

そんな料理の中で、僕がどうしても忘れられない味。それが卵焼きです。

新婚生活がスタートしたときのこと、

「あなた卵焼きにする？　それとも目玉焼きにする？」と聞かれて僕がリクエストした、卵焼き。それ以降、定番料理になりました。湯気の立ったアツアツの甘い卵焼き。いろんな美味しいお店に行ったけれど、僕はもう一度、あなたのあの甘い卵焼きが食べたくて仕方ありません。あの味は再現できないけれど、たまに僕は卵焼きをつくってひとりで食べています。甘い卵焼きを口にほおばると、まるであなたがそばにいてくれるような気がするから。

これからも卵焼きを練習して、いつか僕がそっちに行ったとき、今度は僕が卵焼きをごちそうするね。

あとがき

本書を最後まで読んでくださり、本当にありがとうございました。

小夜子が亡くなってから、もうすぐで3年が経とうとしています。あっという間だったような、長かったような複雑な気持ちですが、ひとつ言えるのはようやく小夜子のことを振り返り、自分の気持ちが整理できたということです。

亡くなってからすぐの頃は小夜子がいないことが信じられず、「いないことを認めたくない」気持ちでいっぱいでした。また、最期の闘病があまりにも壮絶だったことから、あの4カ月間の苦しさやつらさ、また小夜子が弱っていく姿の悲しみが何度もよみがえり、そのたびに僕は落ち込んでいました。

しかし、今回出版の機会をいただいてから、あの4カ月間のことだけではなく、小夜子と出会ったときのこと、新婚時代のこと、結婚生活のこと、楽しかった旅行のことなど次々に小夜子との日々が思い出され、僕は「最後の4カ月間」だけを見るのではなく、小夜子全体の人生を俯瞰することができるようになりました。

すると、気持ちにも少しずつ変化が出てきたのです。「ああ、このときはとても楽しかったな」「海外旅行でこんなこともあったな」という行動を丁寧に思い出すことで、「小夜子はいつのときも精いっぱい楽しんで生きていったんだな」と感じ、「僕にこんなに楽しいひとときを与えてくれたんだな」と改めて小夜子に感謝の思いが湧き上がってきたのです。最後の旅行となった白川郷のときまで、小夜子はいきいきと過ごすことができた。「それもまた、ひとつの人生なんだな」と理解することができたのです。

とは言っても、僕も未だにふとした瞬間に「あのときもっとこうしてやればよかった」「小夜子の頼みをもっと聞いてやればよかった」と後悔することがあります。これはきっと、僕が死ぬまで抱き続ける葛藤なのでしょう。しかし、今となってはそれも含めて小夜子と一緒に生きた証なのだと思っています。

皆さんも、パートナーやご家族など、大切な人との別れを経験されていることと思います。その悲しみやつらさは、ある意味自分だけのもので、「人には絶対わからないだろう」と感じることもあるでしょう。僕はそういった気持ちを持ったうえでこの先の人生を生きていくしかないと思っています。

無理に他人に自分の気持ちをわかってもらったり、理解してもらおうと思ったりしなくなった分、ずいぶん気持ちが楽になりました。それでいて、今僕を支えてくれる周りの人にはとても感謝しています。

最後になりましたが、本書を出版するにあたって多くの方のご協力をいただきました。天才工場の吉田浩社長をはじめ、編集の藤野稟久さん、掛端玲さん、合同フォレストの松本威社長、澤田啓一郎さんにはとてもお世話になりました。

最愛の妻、小夜子に本書を捧げます。

２０２３年９月

原田　敏明

著者プロフィール

原田 敏明（はらだ としあき）

ピー・エス・シー株式会社代表取締役
総合防犯設備士
一般社団法人東京都中小企業診断士協会正会員（中央支部）
特定非営利活動法人ITコーディネータ協会正会員
公益社団法人日本印刷技術協会（JAGAT）法人会員

1950年4月21日、東京都生まれ。

父は会社員、母は専業主婦という家庭で育つ。

明るく活発な子どもで、中学校からは野球部に所属、高校まで野球を続けた。

武蔵工業大学卒業後、就職。エンジニアとして開発に従事。

1984年、原田経営システム研究所を設立、多くの企業のシステム導入に携わる。

1986年、ピー・エス・シー株式会社を設立。

現在は、会社経営だけではなく、財務・給与・販売管理、生産管理を教える講師としても活動。エンジニアの人材育成にも力を入れている。

企画協力　株式会社天才工場　吉田 浩
編集協力　掛端 玲、藤野 稟久
組　　版　GALLAP
装　　幀　華本 達哉（aozora.tv）
校　　正　内田 ふみ子

あの日、妻が旅立ちました
おひとりさま、天国へラブレターを贈る

2023年11月19日　第1刷発行

著　者　原田　敏明
発行者　松本　威
発　行　合同フォレスト株式会社
郵便番号 184-0001
東京都小金井市関野町 1-6-10
電話 042（401）2939　FAX 042（401）2931
振替 00170-4-324578
ホームページ　https://www.godo-forest.co.jp
発　売　合同出版株式会社
郵便番号 184-0001
東京都小金井市関野町 1-6-10
電話 042（401）2930　FAX 042（401）2931
印刷・製本　モリモト印刷株式会社

ISBN 978-4-7726-6240-6　NDC 914　188 × 130

JASRAC 出　2306630-301